SUITE

DE LA

PANHYPOCRISIADE

OU

LE SPECTACLE INFERNAL

DU DIX-NEUVIÈME SIÈCLE.

Cet Ouvrage n'est pas mis en vente.

SUITE

DE LA

PANHYPOCRISIADE

OU

LE SPECTACLE INFERNAL

DU DIX-NEUVIÈME SIÈCLE.

PAR

NÉPOMUCÈNE L. LEMERCIER,

MEMBRE DE L'INSTITUT DE FRANCE.

Incedo per ignes.

PARIS.

IMPRIMERIE ET FONDERIE DE G. DOYEN,

RUE SAINT-JACQUES, N. 38.

M DCCC XXXII.

DEUXIÈME LETTRE

A DANTE ALIGHIERI.

Oui, sublime Dante, les ames humaines sont immortelles, puisqu'elles correspondent ensemble à travers tous les temps et tous les espaces : un entretien éternel et mystérieux se perpétue entre les esprits qui répandirent leurs lumières sur les âges passés et les esprits qui s'efforcent à leur tour d'éclairer l'âge présent, et qui transmettront ainsi le flambeau de la vérité jusqu'au dernier des siècles. Ce fut par le cours de ces merveilleuses sympathies que Socrate ne cessa d'enhardir les grands philosophes à boire héroïquement la ciguë trop souvent présentée aux justes par leurs contemporains, depuis que comme lui Jésus épuisa le calice d'amertume, ainsi que de nos jours, en l'imitant, notre innocent AGIS, le vertueux BAILLY et l'éloquent VERGNAUD. Ce fut par une communication analogue que le sacrilége César transmit son génie parricide à tous les illustres immolateurs des libertés de leur patrie, si aveuglément apothéosés par la frénésie des nations trompées, par la cupidité servile et par le zèle soldé des milices; qu'Homère établit un poétique commerce avec le pur Virgile, et que celui-ci, au sortir de son tartare païen, te conduisit lui-même de la voix et de la main en ton autre enfer catholique.

Je sentis ces rapports secrètement intimes avec les morts célèbres lorsque je t'adressai, dans une épître dédicatoire, l'hommage des seize premiers chants de ma Comédie épique, publiée sous le titre de PANHYPOCRISIADE. Tu m'appris, en m'apparaissant dans les méditations de mes nuits, que cette vaste représentation dialoguée avait fait sourire ta muse rigide et vengeresse. Ce souvenir m'encourage à t'offrir la suite de mes chants infernaux. Ceux-ci te sembleront moins empreints de ton coloris sombre que des teintes vives et caustiques d'Aristophane. A son exemple, j'ai voulu traduire en scènes *les hypocrisies* de nos factions sous les formes dont il revêtit les impostures des factions athéniennes.

Le genre de ses comédies ne ressemble pas à celui des nôtres. Le ridicule n'y saisit pas seulement les travers domestiques, les mœurs privées; mais s'attache aux vices publics, frappe les généralités pernicieuses. Ses personnages ne sont pas seulement des hommes, des êtres réels; mais des êtres collectifs et fictifs, qu'il couvre de masques allégoriquement imaginaires. Les traits qu'il lance n'atteignent guère directement, mais par allusion perçante. S'il produit un acteur sous le nom personnel de tel citoyen, de tel chef d'état, il le travestit de figure, de langage, de rang et de costume. Il s'attaque aux corporations administratives et judiciaires, aux magistratures suprêmes, aux sectes, aux partis entiers, qu'il personnifie et qu'il anime en interlocuteurs burlesques. Dans ses risibles scènes, les généraux, les archontes, deviennent les valets impertinents, ivrognes, fanfarons et débauchés, d'un vieillard idiot que dupe leur audace et que volent leurs friponneries : quel est ce vieux jouet de leurs basses adulations et de leurs quolibets grossiers? C'est Demos, le peuple athénien, qu'on ruine, qu'on maltraite, et qu'il ose instruire en le raillant à outrance, en criblant ses gouverneurs de part en part. Il ne soumet pas à la risée une maison particulière, mais la cité même, tous ses abus et tous ses vices : les trivialités et les bizarreries du dialogue qu'il prête à ses principaux meneurs, ne lui servent qu'à mieux représenter la bassesse des intrigants parvenus qu'il flagelle, en signalant sous l'habit de leurs éminentes conditions combien ils dégradent leurs dignités mal acquises, par les habitudes, par le ton et les brutalités de la canaille. D'une part il affronte la criminelle populace, de l'autre il écrase l'aristocratie insolente et cruellement avide. Les dehors humains les plus grotesques ne suffisent point à ses caricatures satiriques : il transforme les corps de judicature en guêpes, les académies des écrivains et les rhéteurs du portique en grenouilles, les villes en chouettes, en huppes, en étourneaux, en oisons, en buses, en pies, en émouchets voraces, en escarbots infects et volants ; et le spectateur, amusé par leurs coups de griffes, de becs et d'aiguillons sanglants, reconnaît à leurs combats multipliés, à leurs cris, les rivalités jalouses et les luttes des généraux d'armée, des amiraux, et des juges de l'aréopage, livrés à la moquerie sous les emblêmes de mille animaux caractéristiques acharnés les uns contre les autres.

Ces satires allégoriques et dialoguées méritèrent à la fois les suffrages des plus graves esprits de la Grèce ; de Platon, et même du savant Quintilien, oracle de la littérature romaine. Les concitoyens d'Aristophane jugèrent très-bien qu'Athènes avait besoin de son courage et de sa causticité pour corriger et extirper les germes de la corruption générale. Ils admirèrent son Plutus détrônant Jupiter, et encensé par ses prêtres en *symbole de la domination de l'or sur toutes les consciences.* Ils virent que son fouet tranchant pouvait seul imprimer une peine à des scélérats au-dessus des lois, et soumettre au châtiment de l'ironie populaire les meurtrières entreprises du despotisme soldatesque et de la démagogie subvertrice, envieuse, et toujours prête à se rouler dans le sang. Ils auraient hué le pédantisme de notre froid La Harpe, qui, d'après une boutade superficielle de Voltaire, assimile ces pièces extraordinaires au tabarinage des bateleurs de la foire; eux qui ne se méprenaient pas à l'efficacité salutaire de ces larges et poétiques inventions, jouant *les ignobles farces de l'hypocrisie politique, militaire et sacerdotale*, parodies qu'au milieu des crises de gouvernement l'indignation des injustices, des lâchetés et des violences, inspirait à la muse courroucée du poète grec.

Moi, non moins attristé, non moins fatigué que lui des convulsions où nous ont jetés les fourbes de nos temps, du fanatisme atroce et des illusions de leurs crédules adeptes, du sot enthousiasme des folles gloires, si coûteuses, si désastreuses pour la France après avoir été si dévastatrices dans l'Europe entière; non moins irrité d'entendre toujours opprimer et tuer le peuple au nom du peuple même, altérer sa piété au nom de la religion, l'armer de poignards au nom de l'humanité, condamner son innocence dans les tribunaux au nom de la justice, trahir les droits originels de sa souveraineté primitive au nom des usurpations légitimées par la prescription des ans et par l'erreur, ou par la force; j'ai cru devoir imiter hardiment Aristophane pour mieux arracher leurs masques aux factieux qui l'égarèrent sans cesse et qui dévorent sa substance.

Ainsi qu'Aristophane j'écarte les personnalités directes, et ne m'en prends fictivement qu'aux choses, aux doctrines, aux systèmes généralisés. Il aimait Socrate, et, dans la comédie des *Nuées*, il l'assit sur des brouillards, en dogmatique, cherchant la science occulte, mesurant le saut d'une puce, et subtilisant les matières avec les disciples qu'il illumine. Que voulut-il faire en offrant cette image risible? Détruire l'école des sophistes rêveurs, bavards, obscurs et dangereux métaphysiciens, qui s'autorisaient du titre de socratiques. Le judicieux Socrate en riait : il aperçut que ce n'était pas lui personnellement, mais abstractivement sa secte brouillonne et démoralisée qu'exposait cette création théâtrale dont l'essence est en tous points fantastique. Ce sage resta vingt ans en relation d'estime avec l'auteur et avec les convives de Platon, leur compatriote, qui nous l'affirme dans ses écrits. Ainsi qu'Aristophane, j'expose les seuls systèmes et leurs conséquences, non les personnes, ni la vie privée. Je fais agir et parler la monarchie, l'église, la noblesse, la démagogie, l'empire, la police, la littérature et la coalition des puissances européennes, sans désigner nominativement ni tel roi, ni tel tribun, ni tel chef, ni tel ministre, ni tel écrivain, ni tel potentat. Les allusions sont mes armes, l'allégorie mon bouclier. Je m'abstiens de peindre *le Consulat de la république*, époque vraiment glorieuse, et qui, malheureusement pour la France, ne fut qu'un court passage au renouvellement des institutions ecclésiastiques et despotiques. Le général vainqueur de l'Italie et de l'Égypte, alors démocrate sincère, avait subjugué tous les partisans des discordes civiles. Ses qualités subtiles et fortes m'avaient étonné, sa supériorité naturelle m'avait attaché de cœur. Jamais je n'eusse rompu les nœuds volontaires qui m'unissaient à lui, si je n'eusse entrevu trop tôt, à ses coups d'autorité, à l'expatriation de nos troupes républicaines, exterminées sur les côtes d'Haïti, à ses allures de dissimulation profonde, qu'il tendait à se créer une dynastie usurpatrice, aux dépens des intérêts de *la ré-*

forme universelle que nos immenses sacrifices et que les vertus admirables de nos armées avaient préparée; qu'enfin il nous entraînerait en d'interminables guerres de familles et de conquêtes, qui n'eurent d'autre résultat que la violation de toutes nos frontières et deux invasions de barbares sur notre territoire, catastrophe unique dans notre histoire.

Ce fut chez lui, ce fut dans son intimité que je connus familièrement de véritables héros en bravoure et en patriotisme: citerai-je le magnanime Kléber, Desaix, Bessière, Masséna, Kellermann, vivant encore, et l'incomparable Lannes? Leurs noms, consacrés dans nos fastes, demeurent à l'abri des malignes atteintes et des reproches. Toi-même, sévère Dante, tu leur rendrais la même justice en dépit de ta noire misanthropie. Je respecte l'origine consulaire de leurs annales. Si donc tu veux bien pénétrer l'esprit et le but de ma fiction, n'envisage mes acteurs fantastiques que comme les représentants d'un ensemble de gouvernements, et non comme des portraits individuels. La Convention y apparaît dans le rôle du chef qui dirigea son comité dit de *salut public*, et ce personnage n'est pas réellement Robespierre, mais *le robespiérisme niveleur*. L'empire survient ensuite, et son dominateur arbitraire n'est pas réellement le grand capitaine Bonaparte ; mais *le napoléonisme impérial.*

Ta muse, si âpre et si impitoyable envers les crimes de l'ambition, ne me blâmera pas d'avoir outré à dessein les expressions du ridicule, à l'instar du comique grec, qui m'instruisit à exagérer les peintures des choses funestes afin de les caricaturer plus ostensiblement. Enfin, ne cherche pas le sel des plaisanteries dans la vérité, mais, je le répète, dans le fantastique emblêmatiquement appliqué aux chimériques principes, aux extravagances homicides de nos révolutions passées : car je ne trace ici que la satire des événements déjà consommés, et par conséquent tombés dans le domaine de la libre critique offerte à la postérité.

Bientôt, hélas! les coopérateurs et les témoins de ces actes grotesquement barbares ne seront plus ; bientôt ils dormiront tous en paix sous la terre qu'ils ont trop agitée : puissent leurs successeurs ne pas fournir à quelqu'autre Mimopeste, dans une continuation de *la Panhypocrisiade*, les nouveaux modèles de charlatans qui n'auront pas même l'excuse de l'inexpérience ou du fanatisme, ni le relief de la célébrité pour voiler leurs manœuvres frauduleuses, de traîtres subalternes dont les doctrines jésuitiques anéantiront par degrés les fruits de notre civilisation affranchie des préjugés surannés! Il serait pourtant si facile de s'entendre et de s'accorder, si les plébéiens et les patriciens abjuraient leur vindicte implacable et leur inique intolérance; si les riches industriels ne vendaient pas l'artisan et l'ouvrier à l'oligarchie, et n'aspiraient pas à remplacer la prérogative de la noblesse par le privilége de l'opulence, plus insultante encore. Si les dévots pleureurs des lys bourbonniens n'incriminaient plus toute la France par leurs autels expiatoires, en commémoration vindicative des tristes martyrs du Temple, et ne s'obstinaient pas à vouer des statues aux croisés de la colonne de Quibron; si, d'un autre côté, les dévots grognards de la colonne de Vendôme, forgée au prix du sang de la patrie, ne s'entêtaient pas à vouloir la dépouiller du drapeau national qui la décore, pour y substituer l'image d'un homme, en mémoire du saule penché sur la tombe qu'un geolier féroce ouvrit au renommé captif de Sainte-Hélène, victime que les souverains embrassèrent et saluèrent quand il raffermissait les dogmes du pouvoir absolu, et que supplicia lâchement leur terreur quand il eut ébranlé leurs trônes.

Oui, l'honneur et l'équité prévaudraient aisément

si Louis XIV, Robespierre et Napoléon cessaient d'enchaîner à leurs ombres tant de vieux et avares voltigeurs qui propagent les hostilités de leur culte opiniâtrement ennemi; si les partis royaux et impériaux ne combattaient pas à l'envi contre les droits souverains que la grandeur du peuple a reconquis.

Vieille et naissante dynastie
Sont *le point de fait* disputé.
L'un veut la légitimité
Et sa féodale manie;
L'autre, l'illégitimité
Et ses décrets de tyrannie:
Que veut bonnement la Patrie?
Le point de droit, la liberté.

Adieu! le temps qui court me dictera les chants successifs de ma comédie infernale sur *toutes les hypocrisies*. Ample matière me reste, à partir de l'ère de la restauration qui négocia sous les fourches caudines, aux congrès des anciens propriétaires de peuples, un système d'abus et de servitude bien diplomatiquement coordonné.

Diplomatie est un lierre rampant
Dont se revêt l'arbre des dynasties;
Elle en soutient les branches investies
Par les circuits de son réseau grimpant:
Fine, elle ploie aux vents de la tourmente;
Des coups du ciel quand la souche est fumante,

Suspend sa chute, et, parant ses débris,
Rhabille encor ses rameaux refleuris :
Mais, trop souvent, sa souplesse charmante
De verts dehors couvre des troncs pourris.

Octroiement de Chartes aussitôt parjurées que jurées; serments réduits à des formalités menteuses; jésuitisme ultra-montain s'initiant, même sous l'uniforme, au jésuitisme constitutionnel et libéral; brusques évolutions des fidélités sous les enseignes gouvernementales; missions fanatiques, érection de chapelles, redressement de croix gigantesques dans toutes les villes et sur toutes les routes; transformations subites de sicaires et de chauffeurs en humbles pénitents.

D'où vient partout qu'Église apostolique
Est chère au peuple et chère à ses tyrans?
C'est que son dogme est tout démocratique
Et sa cité pleine d'Argus errants.
Peuple aime fort l'esprit évangélique
Au nom de Dieu prêchant l'égalité;
Tyrans font cas de police mystique
Sondant les cœurs enclins à liberté :
Or, double base à l'œuvre œcuménique,
Espionnage et confraternité.

N'est-ce pas de son sein que renaissent tant de rejetons de la foi cultivée dans mille pépinières de séminaristes et d'ignorantins lugubres dont l'imagination enfante ces chantres sataniques fouillant sur les pas du marquis de Sades dans les lubriques turpitudes de la salpêtrière, dans les horreurs de la morgue et des bagnes, se repaissant des idées cadavéreuses, psalmodiant des contritions mélancoliques sur les cimetières, livrant les madones et les châtelaines au viol d'impudents Méphistophélès, prostituant l'hymen, et créant des amours à face poilue comme la leur, pour en infecter les cerveaux romanesques chez tous les libraires et sur tous les théâtres? Voilà ce qu'ils appellent LE PROGRÈS DE L'ÉPOQUE. *risum teneatis?* Voilà pourquoi leur orgueil injurie les chefs-d'œuvre des grands maîtres en poésie et en peinture, délices de tes veilles et de tes études, monuments des plus beaux âges, respectés même des hordes anarchiques qui ne respectaient rien.

N'ai-je pas à peindre encore les métamorphoses quotidiennes de nos polices, de nos triples et quadruples contre-polices, de leurs préfétures, qu'allarme la surveillance de leurs propres agents, qu'effraient entre eux les regards observateurs de leurs co-fonctionnaires, sous les yeux desquels tremblent la mitre, le casque, les chapeaux, les bonnets et les calottes de toute couleur et de toute nuance.

Corps d'espions a des grades sans nombre :

Sbires, recors, y sont aux bas degrés,
L'oreille au guet, rôdant partout dans l'ombre :
Rossez ceux-là, ce sont gueux ignorés.
Dans les hauts rangs brillent enregistrés
De nos maisons les adroits parasites,
Dames de cour dont je sais les mérites,
Ambassadeurs et généraux titrés :
Honorez-vous, bourgeois, de leurs visites ;
Rien de plus grand que mouchards décorés.

En ces fantasmagoriques tableaux de nos misères éclatera le *faquinisme* scolastique s'infatuant à la tribune aux harangues, dans les cercles ministériels, et dans les bureaux d'esprit féminins; la pédante doctrine de l'*éclectisme,* alchimie légale et civile, opérant la fusion du mal et du bien, du faux et du vrai, du juste et de l'injuste, en vue de neutraliser les antipathies, distillant les maximes de la modération perfide qui la passionne jusqu'au bouillonnement, et versant dans les intelligences et dans les cœurs une dissolution matérielle d'argent, en vertu de laquelle s'évaporent tous les scrupules de l'ame et tous les sentiments humains. O Dante! le produit de ses expériences lui révélera qu'il existe un patriotisme solidement réfractaire à toute épreuve dans les creusets de ses têtes alambiquées et cornues, et qu'il faut savoir bien distinguer et séparer les éléments simples et purs d'avec les composés nuisibles qui les altèrent. Elle apprendra qu'il faut pour d'équitables causes désirer ou craindre la guerre, désirer ou craindre la paix. Souffre que je te cite quelques vers qui démontrent doublement cette vérité.

La bonne et la mauvaise guerre.

Jadis la guerre eut deux noms, deux emblêmes ;
On la nommait ou Bellone ou Pallas :
Leur double aspect figurait les systèmes
Du Mars qui fonde ou détruit les états.
L'une est humaine et l'autre est sanguinaire.
Aux Scipions l'une un jour s'accola ;
L'autre en tous lieux, furie incendiaire,
Suit les Cambyse et fait les Attila.

La bonne et la mauvaise paix.

L'aimable Paix, chère aux nobles vainqueurs,
Qui rassied l'ordre et l'heureux équilibre,
N'est cette Paix que doit à ses langueurs
Un peuple aux fers, las d'avoir été libre.
Si lâche paix que, bien close au bercail,
De tout despote obtient la gente esclave,
Est de l'eunuque inerte en un sérail
La léthargie et non la paix du brave.
Ne confondez leurs traits ; l'une est la sœur
De la Prudence et l'autre de la Peur.

C'est cette dernière qui laissa tant de fois sacrifier la nationalité de l'Italie et de la Pologne à des irruptions de la barbarie enrégimentée.

J'attends en complément de ma satire épique les matériaux que me procurera parmi les ruines l'action générale et décisive du dix-neuvième siècle, et si j'arrive au terme de ce diabolique drame, j'enverrai mes chants dans tes limbes après les avoir soumis au seul jugement de quelques doctes lettrés échappés aux contagions de la folie : car mon dessein n'est pas de les vendre étalés en boutique. Jamais je ne spéculai sur les ressentiments et sur les scandales : il me suffit de les placer sous la férule de notre Thalie, dont ils soulèvent la juste colère. Je t'enverrai, dis-je, le reste de ma *Panhypocrisiade* quand l'avenir, l'orageux avenir m'aura débrouillé les intrigues dont la marche oblique et ténébreuse me cache encore les derniers effets de la grande et généreuse victoire remportée en 1830 par le bras du peuple français. C'est là mon géant impérissable; et je souhaite qu'il brise d'un de ses rudes coups de main les colosses gothiques qu'on lui érige en idoles couronnées, auxquelles on attribue tout l'éclat de son propre héroïsme pour en déshériter tous ses enfants au profit d'un maître.

Au revoir, grave Dante! et le plus tôt possible, si je ne puis guérir mes contemporains des vertiges de leurs fièvres mentales, et les désabuser de leurs allucinations superstitieuses. Accueille la correspondance furtive qu'établit avec ton génie austère et terrible un poete que le mauvais esprit et le goût vicié des vivants ennuie à tel excès, qu'il ne se plaît aujourd'hui qu'à s'entretenir avec le petit nombre des trépassés immortels.

LA PANHYPOCRISIADE,

POÈME.

(Continué en l'an 1814, et mis en cet état en 1815.)

SOMMAIRE DU DIX-SEPTIÈME CHANT.

Au grand drame représenté devant les principaux démons, sur le premier théâtre de leur cour, succède une comédie facétieuse et allégorique du genre d'Aristophane, jouée sur un théâtre inférieur, devant la populace de l'enfer. Cette pièce est une allusion à la démagogie et au despotisme révolutionnaire. *Dynastiarque*, vieillard de plus de treize cents ans, caricature du pouvoir royal, est forcé de sortir de chez la rentière *Lutessote*, dont il est le régisseur : il déplore son exil avec ses sœurs *Féodalie* et *Inquisitine*, caricatures de la noblesse et de l'église. Aussitôt *Démagogueule*, fille de la cité et de l'un des faubourgs, accourt, en fureur, pour les chasser. Fête en réjouissance de leur départ célébrée par la canaille, qui brise et casse tout. *Lutessote*, saisie d'effroi, est rassurée par sa fille *Démagogueule* : celle-ci réclame des droits d'égalité dans la famille : *Tigrispierre*, charlatan qu'elle favorise, coiffe *Lutessote* d'un bonnet rouge qui lui tourne la tête et la rend républicaine en apparence : elle prend cet homme pour intendant. Convention de *Tigrispierre*. Conseil de *Jurispeur* : manivelle à décrets et lois : littérature grossière de *Plumebec* qui démoralise *Lutessote* : fêtes licencieuses : violences, procès, terreur domestique. L'intendant se joue de la crédulité de sa maîtresse : il la dépouille et la frustre à son avantage, la bâillonne, et veut se faire encenser par elle, en être suprême. Il se casse le cou sur son échafaudage. *Lutessote*, délivrée, nomme un conseil de cinq hommes d'affaires. La maison ne tarde pas à se détraquer : alors *Fusillaron*, plus habile escamoteur que le premier, se présente pour entrer en qualité de surintendant et de grand-veneur, parce qu'il n'aime que la chasse. Il a ramassé le bonnet rouge et s'en est fait un bonnet de milice. Son air plaît à *Lutessote*, qui accepte son service, et à laquelle il monte une maison de reine et de grandes véneries.

LA PANHYPOCRISIADE.

CHANT DIX-SEPTIÈME.

> Sur le vieux théâtre du monde
> Il est des acteurs vrais et faux :
> Les bons, applaudis à la ronde,
> Font les grands rois et les héros ;
> Les mauvais, dont l'espèce abonde,
> Font les tyrans et les bourreaux :
> Qu'un sifflet public les confonde,
> Ou les spectateurs sont des sots.

Tandis qu'un grand théâtre, en une vaste salle
Où siégeaient les suppôts de la cour infernale,
Aux tyrans de l'abîme, à ses rois ténébreux,
De *la Charlequinade* offrait le drame affreux,
Et que de son héros l'ame pleine de rage
Aux rangs des spectateurs sifflait sa propre image,
Un échafaud comique aux vulgaires lutins
De la démagogie exposait les larcins.
Là des derniers damnés la populace épaisse
Et se rue, et s'entasse, et hurle avec ivresse :
L'affiche, à ces démons du ridicule épris,
Annonce un gai spectacle : ils aiment les gros ris.
Lutessote est le nom de la pièce caustique,
Et l'œuvre est méchamment toute aristophanique.

Au spectacle assistait, nouveau couple démon,
L'esprit de Tigrispierre et de Fusillaron :
Ce dernier, qui de Mars mit la planète en flamme,
En descendit d'un trône où son corps vit sans ame.
Car son esprit d'avance habite dans l'enfer
Tandis que ses sujets rampent devant sa chair.
Ce damné tout-à-coup sur la toile enfumée
Voit la boue et le sang peindre sa renommée :
Sa fureur en rugit. On lève le rideau,
Et du globe de Mars on distingue un château.
Des coulisses alors, sous des traits hypocrites,
Sortent Dynastiarque et ses sœurs favorites.

DYNASTIARQUE, FÉODALIE, INQUISITINE.

DYNASTIARQUE.

Allons, Féodalie! Inquisitine, allons!
Pleurons, pleurons ensemble, et tous trois exhalons
De soupirs et d'hélas un concert lamentable.

ENSEMBLE.

Mù, mù, mù, mù, mù, mû! Quel accord pitoyable!

FÉODALIE.

Papa Dynastiarque, en doyen de céans,
Rappelez la vertu de vos treize cents ans.
A quoi bon soupirer comme trois cornemuses?

INQUISITINE.

Forgeons quelques ressorts, inventons quelques ruses
Pour fuir de cet hôtel.

DYNASTIARQUE.

Fuir ne sied qu'aux poltrons.

FÉODALIE.

Soit : ne fuyons donc pas ; mais sans bruit émigrons.

DYNASTIARQUE.

Que veut dire ce mot?

FÉODALIE.

Laisser les chambres nettes.

INQUISITINE.

Que pourrions-nous ici regretter?

DYNASTIARQUE.

Les recettes.

INQUISITINE.

En intendant loyal mettez la main dessus,
Et des fonds empochés signez un bon *quittus*.

DYNASTIARQUE.

Le puis-je? on saisira mes coffres et mes hardes.

FÉODALIE.

Ne craignez rien ; partout nous serons vos deux gardes.

DYNASTIARQUE.

Jurez donc, chères sœurs, qu'en patron de ce lieu,
Chef immémorial par la grâce de Dieu,
Vous me replacerez dans le poste que m'ôte
La dame du logis, la riche Lutessote,
Dont je touchais la rente et gouvernais le bien,
Comme si son domaine avait été le mien.
Chez elle dès Clovis ce lot fut ma conquête :
Quelque temps libertine, elle eut Martel en tête ;
Mais, me réintégrant en juste possesseur,
L'or des Capétiens m'installa régisseur.
Voilà qu'elle me chasse, et que Démagogueule,
Fille de son faubourg, prétendant gérer seule,

Déclare en plein marché, sur un ton impudent,
Qu'elle cherche à sa mère un nouvel intendant!
Nous te ressaisirons, vaine capitaliste,
Qui de nos faux griefs ose imprimer la liste...
Baste! patientons; et vous, mes sœurs, jurez
De me reconquérir mes droits, quand vous pourrez.

INQUISITINE.

Promettez en retour de me rendre mes dîmes
Et mes immunités, choses si légitimes!

FÉODALIE.

Engagez-vous, de même, à remettre en ma main
Titres seigneuriaux scellés en parchemin,
Priviléges, cordons, justices prévôtales,
Tous droits dûment acquis à deux sœurs, vos vassales.

DYNASTIARQUE.

Eh! oui : dans la maison, par vos soins assidus,
Quels services constants n'avez-vous pas rendus!

FÉODALIE.

A la lisière, moi, je menais Lutessote.

INQUISITINE.

Dès son bas âge, moi, je la rendis dévote.

FÉODALIE.

Et moi, je fis bâtir presbytères, châteaux,
Des fonds que lui coûtaient ses péchés capitaux.

INQUISITINE.

Et moi, pour son salut, lui prêchant les croisades,
Je saignais ses enfants lorsqu'ils étaient malades.

DYNASTIARQUE.

Pour doubler ses écus, en subtil pourvoyeur,
Je ne redoutai pas d'être faux-monnoyeur :

Mon Philippe-le-Bel m'apprit les banqueroutes.

FÉODALIE.

Et moi, pour l'agrandir, je volais sur les routes.

DYNASTIARQUE.

J'ai, quand nos Armagnacs émurent leurs procès,
Vendu jusqu'à ma charge et sa terre aux Anglais.
L'ingrate, il m'en souvient, en fit des feux de joie!

INQUISITINE.

Moi, retirant ses pas de la mauvaise voie,
Je la purifiai d'un poison ennemi
A l'aide du tocsin de Saint-Barthélemi.

DYNASTIARQUE.

L'imbécille, pourtant, bannit de sa mémoire
Treize cents ans de paix, de bonheur et de gloire,
Dont je la fis jouir sous mon gouvernement,
Qui maintint son repos si paternellement!

Un gros rire accueillit cette scène hardie,
Du régime royal infâme parodie.
Soudain, interrompant la grimace et les pleurs
Du vieux Dynastiarque et de ses vieilles sœurs,
Monta sur les tréteaux une informe diablesse,
Couverte de haillons recousus pièce à pièce;
Ses accents enroués vomissaient le courroux :
C'était Démagogueule à l'œil louche et jaloux.

DÉMAGOGUEULE ET LES PRÉCÉDENTS.

DÉMAGOGUEULE.

Fuyez ! lâche trio ! va-t-en, sièclogénaire !
Va, crains mon comité révolutionnaire.
J'ai de piques déjà muni les ateliers ;
J'ai des halles ému l'enceinte et les piliers :
Lutessote se lève ; elle est libre ; et sa fille
Ne veut revoir ici ni toi ni ta famille...
Viens çà, qu'à ma lanterne on t'accroche dans l'air.

DYNASTIARQUE.

Drôlesse ! en m'y pendant en verras-tu plus clair ?

DÉMAGOGUEULE.

Tu veux railler, vieux singe !... Écoutez ; je vous somme
De détaler ensemble, ou bien je vous assomme.
Partez, et gare à vous si l'on tarde un instant.

DYNASTIARQUE.

Laissez-nous emporter nos malles en partant.

DÉMAGOGUEULE.

Comment ! prétendrais-tu m'appauvrir de la sorte ?
Je saisis tous vos biens si vous passez la porte.

DYNASTIARQUE.

Quoi ? si nous demeurons vous nous assassinez !
Et si nous nous sauvons, quoi ? vous nous ruinez !

DÉMAGOGUEULE.

Oui, nous avons atteint le jour de la justice !
Oui, respect à la loi qui veut qu'on déguerpisse !
Restez, vous êtes mort ; partez, je vous prends tout :
Votre règne est passé... Ah ! ah ! je suis debout.

FÉODALIE.

O vénérable aîné ! père Dynastiarque !
En votre mauvais sort un démon nous embarque :
Cédons à la tourmente... un port nous recevra.

INQUISITINE.

Espionnons de loin : le ciel nous aidera.

DÉMAGOGUEULE.

Vivat ! ils sont dehors ! les voilà dans la rue !
Leur triple tyrannie est enfin abattue !
La maison est à nous !... entrez, frères, amis,
Des bureaux du doyen à bas tous les commis !

L'impudente à ces mots saute et bondit de joie ;
Et son mouvant jupon, que l'air trousse et déploie,
Laisse apparaître, au gré d'immodestes hasards,
Un anti-facial d'où partent vingt pétards :
De leur feu tout-à-coup la rapide traînée
Court éclairer l'enceinte au loin illuminée,
Et de ces lampions l'artifice infernal
Des suppôts du désordre est le brillant signal.
Ils s'élancent en foule autour de l'insensée,
Dans leur cercle dansant aussitôt enlacée,
Et qui, de son ivresse exaltant la fureur,
Accroît de leurs transports la dégoûtante horreur.
Les uns, roulés au vin répandu dans la fange,

Des tonneaux enfoncés épuisent le mélange :
D'autres, en chiens fougueux, l'un par l'autre meurtris,
Se pendent en hurlant à des jambons flétris ;
Ceux-ci, du haut d'un mât que de vils prix couronnent,
Tombent sans autre gain que les coups qu'ils se donnent ;
Ceux-là sur un cordeau pirouettent cent fois,
Rivaux de l'écureuil et du singe des bois.
Là, de hideux écarts, d'obscènes culebutes,
Des camouflets infects et d'indécentes luttes ;
Là, tous les jeux grossiers inscrits au rituel
Qui jadis égaya l'enfant Pentagruel :
Quilles, cheval-fondu, broche-en-cul, pet en gueule,
Plaisirs de la canaille et de Démagogueule.
Elle se pâme d'aise aux accès furibonds
D'un essaim de goujats et de gueux vagabonds,
Qui de leur frénésie enfin n'étant plus maîtres,
Grimpant aux murs, aux toits, se hissant aux fenêtres,
De tous les monuments brisant les écussons,
Saisissent à sa voix le fer et les tisons :
Mais, troublée en ses murs, Lutessote, sa mère,
Sort, et paraît aux yeux de cette harangère.

LUTESSOTE ET DÉMAGOGUEULE.

LUTESSOTE.

Qu'est-ce? quel train! quel bruit! viens-tu par tes clameurs,
Créature de rien, mettre tout en rumeurs?

DÉMAGOGUEULE.

Grand'dame Lutessote! eh! quoi donc? quelle injure
De me désavouer pour ta progéniture,

Parceque je naquis de l'un des grands faubourgs
Qui t'engrossa naguère au lit des carrefours!
C'est ta Féodalie et ton Inquisitine
Qui t'ont fait renier mon obscure origine,
Et m'ont long-temps réduite à traîner mes haillons
Au bas du Pont-au-Choux, dans la halle aux poissons :
Mais fille naturelle et de joyeuse vie,
Des bateliers, des forts, des racoleurs servie,
Je me suis consolée au fond des cabarets,
Et mariée au peuple épris de mes attraits.
Ton argent, grâce au ciel qui dans ce jour m'exauce,
Paiera les violons et les frais de ma noce :
Dote-moi comme égale à tes autres enfants
Qu'ont privilégiés tes injustes penchants.

LUTESSOTE.

Toi, l'épouse du peuple !... ah ! LE PEUPLE TRANQUILLE
VIT D'UN MÉTIER HONNÊTE OU D'UN COMMERCE UTILE,
ET RESPECTANT LES LOIS, MÉRITE LE RESPECT :
Mais l'être informe, oisif, turbulent, sale, abject,
Dont m'ose sous son nom parler ta folle audace,
Est l'enfant des ruisseaux et de la populace.
Confonds-tu LE VRAI PEUPLE avec ce garnement
Très-digne de ton goût qui le prit pour amant?

DÉMAGOGUEULE.

Plus de distinctions! ou bien nous faisons schisme.
Reconnaissez le Peuple à son sans-culotisme.

LUTESSOTE.

A la garde! à la garde! holà! sergents! à moi!

DÉMAGOGUEULE.

Le Peuple est le plus fort : c'est lui qui fait la loi ;

Et toi-même as rompu les lisières pesantes
De ton Dynastiarque et de tes gouvernantes.
Céans, de tout lien nous voulons nous passer...
Ma bonne mère, allons! laisse-moi t'embrasser :
Entre en danse avec nous; ne fais plus la bégueule.

Or, tandis qu'à son col saute Démagogueule,
Un charlatan de place, escroc des plus experts,
Mettant de ses cheveux l'édifice à l'envers,
Lui coiffe un bonnet rouge; ô magique merveille!
Ce bonnet tout-à-coup échauffant son oreille,
Tourne sa pauvre tête exposée au miroir
Où le joueur de tours la contraint à se voir.
Soudain, faisant tomber sa gothique parure,
Tout l'appareil gaufré tissant sa chevelure,
De ses amples paniers le gênant attirail,
Sa robe à larges plis, sa queue en éventail,
Le long corset busqué dont la pointe la pique,
Dextrement il lui coule une leste tunique,
Où, plus libre en tous sens et dégagée aux yeux,
Sa taille d'amazone apparaît beaucoup mieux;
Et se retrouvant belle ainsi qu'au premier âge,
S'admirant elle-même, elle tient ce langage :

LUTESSOTE.

Quelle métamorphose! et quel air me voilà!
Je me sens rajeunir sous ce vêtement-là.
De mon doyen fâcheux les deux sœurs incommodes
M'ont trop long-temps des Goths fait conserver les modes

Pouvais-je respirer sous mes étroits corsets
Que de l'épaule aux reins serraient tant de lacets?
Comme à Lacédémone ainsi demi-vêtue,
J'ai vraiment la beauté d'une antique statue.
Mais le climat est froid, et ma complexion...

DÉMAGOGUEULE.

On change, quand on veut, de constitution :
Nous vous en ferons une et ferme et vigoureuse.
La révolution sera peu dangereuse :
L'homme à qui vous devez ce nouveau vêtement
Est très-docte, et connaît votre tempérament.

LUTESSOTE.

Il m'a d'abord ravie en m'ôtant mon costume.

DÉMAGOGUEULE.

Il sait à fond le droit, la forme et la coutume;
Et presque universel, il peut à sa façon
Mettre sur meilleur pied votre grande maison.

LUTESSOTE.

D'où vient qu'aux gobelets il jouait sur la place?

DÉMAGOGUEULE.

Pour se faire connaître et sortir de sa crasse.

LUTESSOTE.

Je me défie un peu des intrus à talents
Qui, pour se distinguer, se montrent charlatans.

DÉMAGOGUEULE.

L'industrie indigente ouvre ainsi sa carrière.

LUTESSOTE.

Comment l'appelez-vous?

DÉMAGOGUEULE.

Son nom est Tigrispierre;

Disciple de Gujas qui, dans l'ombre caché,
Étudia long-temps les ruses du marché,
Que, loin d'Inquisitine et de Féodalie,
Du bas peuple qui l'aime a vu naître la lie,
Qui de Dynastiarque enfin boirait le sang,
Comme l'eût fait Damiens, dont on croit qu'il descend.
Venez, l'incorruptible! et répondez vous-même.

LUTESSOTE.

Mon Dieu! quel œil de chat! quel museau sec et blême!

DÉMAGOGUEULE.

Bonne et chère maman, ne vous prévenez pas :
Cet homme a le cœur haut quoiqu'il ait le front bas.

LUTESSOTE, DÉMAGOGUEULE, TIGRISPIERRE.

LUTESSOTE.

Monsieur, pour intendant on veut que je vous prenne.

TIGRISPIERRE.

Nomme-moi citoyen, ma belle citoyenne :
Et madame et monsieur sont titres à rayer.
Cela sent le vieux temps : il faut nous tutoyer.
Le *tu* nous rend égaux, rétablit l'équilibre;
Le *vous* marque un respect qui blesse l'homme libre.

LUTESSOTE.

Ta franche humeur en toi m'annonce la vertu :
Soit; en nos entretiens nous prescrirons le *tu*;
Le *vous* sera proscrit, de ce jour mi-septembre.

TIGRISPIERRE.

Ne date plus ainsi par septembre ou décembre :

Ces mois n'indiquent rien : prends mon calendrier,
Qui du cours des saisons est un symbole entier.
Floréal à l'esprit annonce la verdure,
Messidor la moisson, Nivose la froidure,
Outre ces mois en or, en aire, en ose, en al,
Je conforme l'année au calcul décimal.
Lorsque tous les sept jours ramènent un dimanche,
L'ouvrier s'appauvrit ; mon soin le lui retranche :
Ma semaine s'allonge en décade, et par mois
Le loisir des buveurs ne revient que trois fois.
Quel surcroît de travail ! quel gain pour l'industrie !
De mon simple almanach, pour plus d'économie,
Je déloge les saints par l'église chômés.

LUTESSOTE.

D'un si beau plan déjà mes esprits sont charmés !
Mais en ne fêtant plus Noël ni Pentecôte,
Mes anciens serviteurs me croiront parpaillote.

TIGRISPIERRE.

Avec Dynastiarque ont fui les aumôniers
Qui t'encapucinaient pour voler tes deniers.
Tordons le col aux gens dont le caquet te choque ;
Et nous hériterons de leur ample défroque.

LUTESSOTE.

Ce parti violent paraîtra criminel.

TIGRISPIERRE.

Jurispeur dressera leur jugement formel :
Ses lois prononceront, pour peu qu'on l'épouvante,
Des biens des condamnés le sequestre et la vente.
De par son tribunal lance arrêts sur arrêts.
Il vaut un parlement pour l'esprit des décrets :

Dans les pressants besoins c'est un moule à sentence.

LUTESSOTE.

J'adopte Jurispeur pour ma jurisprudence.

TIGRISPIERRE.

N'agir qu'en procédant c'est ma méthode, à moi.
Je légalise tout, étant homme de loi.
Oui, juridiquement, ma règle économique
Régira ta maison comme une république.
Plus de grands factotum, plus de maître-d'hôtel,
Plus d'écuyers tranchants se nommant tel ou tel;
Mais de bons employés zélés à nous complaire,
Tous citoyens actifs gagnant bien leur salaire;
Qu'à la même gamelle ici nous gorgerons,
Et que d'or ni d'argent nous ne galonnerons.

LUTESSOTE.

Ton devancier titrait, brodait ses domestiques.

TIGRISPIERRE.

Il offusquait le Peuple en suivant ces pratiques.
Mets l'étiquette à bas, et ta livrée aussi.
Applique à tous les gens le niveau que voici,
Et que chacun d'entre eux, ceignant ma banderole,
S'écourte en cheveux ronds, et marche en carmagnole.

LUTESSOTE.

Mon curé me prêchait...

TIGRISPIERRE.

Plus de sermons! abbats,
Avec les préjugés, calotes et rabats.
Ferme ta cathédrale et détruis tes chapelles,
Dont les bals plus gaiement useront les chandelles.

DÉMAGOGUEULE.

Eh bien? l'admires-tu, l'homme aux inventions,
Qui, supprimant la messe et les processions,
Où l'on nous enrhuma durant plus d'un carême,
D'un carnaval sans fin établit le système?
A table, au Champ-de-Mars, viens-t'-en nous régaler;
Et, pour mieux à gogo de plaisir nous souler,
Sans cesse aux Porcherons, temple des bacchanales,
Chômons joyeusement de longues saturnales.

Durant leur entretien, près du réformateur
Se glisse à pas de loup un autre escamoteur :
Tigrispierre s'écrie : « Eh ! que veut donc ce traître? »

TIGRISPIERRE, DÉMAGOGUEULE, LUTESSOTE ET FUSILLARON.

FUSILLARON.

Si d'un garde-de-chasse ou d'un garde-champêtre,
Madame Lutessote a besoin aujourd'hui,
Sorti des derniers rangs j'implore votre appui.

TIGRISPIERRE.

Tu m'as l'air à ton geste, à ta mine hagarde,
Plus d'un contrebandier que d'un fidèle garde.

FUSILLARON.

Ma carnacière est vide et mon ventre est à jeun.

DÉMAGOGUEULE.

Cherches-tu pour l'emplir le moment opportun?

2

TIGRISPIERRE.

Ce long sabre pendant que sur la hanche il porte,
Ce grand chapeau sur l'œil... mauvais signe... qu'il sorte.

LUTESSOTE.

Avant de l'éloigner demandez-lui son nom.

FUSILLARON.

Vous vous en souviendrez, je suis Fusillaron.

LUTESSOTE.

Quel est ce gueux?

DÉMAGOGUEULE.

Peut-être, est-ce un bon sans-culotte,
Capable de garder l'enclos de Lutessote.
J'en vois de tels au club où notre égalité
Grava ces mots: « la mort, ou la fraternité. »

LUTESSOTE.

L'union de ces mots me semble biscornue.

TIGRISPIÈRRE.

En quoi donc? Sois mon frère, ou sinon je te tue.
De même pour la paix les dévots ont parlé :
Ils disaient saintement : « Sois chrétien, ou brûlé. »

LUTESSOTE.

Oh! que dans son esprit cet homme a de ressource!

TIGRISPIERRE.

Çà, délie en nos mains les cordons de ta bourse.

LUTESSOTE.

Ne va pas l'alléger comme ton devancier
Qui me priva de tout, tant il fut dépensier,
Et même eût à ses sœurs, la noblesse et l'église,
Donné, s'il l'eût osé, jusques à ma chemise.

TIGRISPIERRE.

Nous l'avons expulsé ; tu ne paieras qu'à nous.

LUTESSOTE.

Veux-tu beaucoup pour toi?

TIGRISPIERRE.

Non pour moi, mais pour tous.
Sous ton régime ancien, traitée en royaliste,
De tes charges sans fin tu déplorais la liste :
Désormais citoyenne, il t'en coûtera moins :
Sois en communauté pour les urgents besoins.
Au bon peuple d'abord payer sa franche aubaine
Est ton premier devoir, étant républicaine.
As-tu des fonds en coffre?

LUTESSOTE.

Un seul dernier lingot.

TIGRISPIERRE.

Pour le bon peuple donc livre-moi ce magot.
N'as-tu plus d'or au coing de ton Dynastiarque?

LUTESSOTE.

Très-peu.

TIGRISPIERRE.

Donne : je veux en effacer la marque.
De l'argent monnayé, ne t'en reste-t-il plus?

LUTESSOTE.

Si fait.

TIGRISPIERRE.

En nos bureaux verse donc tes écus.

LUTESSOTE.

Prétends-tu de chez moi tout enlever en masse ?...
Qu'est-ce à dire cela ? quel tour de passe-passe !

Mon or fuit en billon, mon argent en billets!

TIGRISPIERRE.

Ces milliers d'assignats, qui volent par feuillets,
Ce sont coupons de change égaux au numéraire.

LUTESSOTE.

Je n'en aperçois pas le gage hypothécaire.

TIGRISPIERRE.

Terres, châteaux saisis, vendus au *minimum*,
Et les fruits du marché livrés au *maximum*.
Ce papier est un cours de richesse nouvelle.
Convertissons encor tes bijoux, ta vaisselle;
Ne garde pas un grain de métal corrupteur.

LUTESSOTE.

Ah! tu fais ton métier, indigne escamoteur!

TIGRISPIERRE.

Tais-toi : je suis méchant quand on me mortifie :
Si tu veux murmurer, moi, je te terrifie.

DÉMAGOGUEULE.

Es-tu folle, maman?

TIGRISPIERRE.

N'importe; je la tiens.
Fermez-lui la barrière, et postez des gardiens :
Que jamais de trois pas sa marche ne s'écarte
Sans que de rue en rue on n'ait visé sa carte :
Que, pour sa sûreté convoqué maintenant,
Ton surveillant mari forme un corps permanent :
Appliquons le scellé sur tous les domiciles
Où sont de ses fermiers les registres utiles :
Et que des intrigants qui voudraient l'égarer
Jurispeur nous défasse, en dût-elle pleurer.

Du reste, qu'elle vive en tout indépendante,
Qu'elle se divertisse, et joue, et rie, et chante;
Qu'aux spectacles, *gratis*, elle aille avec gaîté.

LUTESSOTE.

Oh! cela me suffit: vive la liberté!

Alors, d'un ris niais l'urbaine Lutessote
Enhardit le pervers qui de nœuds la garotte;
C'est peu que de lui prendre or, argent, bracelets,
Que de lui confisquer ses terres, ses palais,
Il escamotte encor ce qu'elle a de cervelle,
Et donne à Jurispeur sa personne en tutelle.
Le damné charlatan, par un coup de son art,
D'automates rangés forme un conseil braillard,
Qui, mu d'un prompt ressort qu'il pousse ou qu'il arrête,
Scelle force décrets de cu plus que de tête,
Et qui paraît s'asseoir, se lever en entier,
Aussi libre du front que libre du fessier.

Oh! comme de l'enfer l'engeance criminelle
Battit des mains au jeu de cette manivelle!
A son grand justicier Tigrispierre inhumain
Porte un rouleau de lois grossoyé par sa main.

TIGRISPIERRE ET JURISPEUR.

TIGRISPIERRE.

Tiens, voici, magistrat, des ordonnances neuves
Qui te dispenseront de juger sur des preuves.

JURISPEUR.

Qui donc constituera le crime?

TIGRISPIERRE.

Le soupçon.

JURISPEUR.

J'entends.

TIGRISPIERRE.

J'ai de suspects encombré la prison.
Pour mon prédécesseur déjà Féodalie
Souffle à mille intrigants son aristocratie;
De loin Dynastiarque à ses laquais titrés
Rappelle les rubans dont il les a parés;
Mon niveau les irrite : au nom d'Inquisitine
L'hypocrisie encore en secret s'embéguine :
De notre Lutessote on gagne les banquiers;
On casse à mon insu les baux de ses fermiers;
On ligue nos voisins; le peuple est en alarmes,
Et le trésor s'épuise à solder nos gens d'armes.
Il faut à ces périls, aussi bien qu'à ces frais,
Légalement suffire au moyen des procès.

JURISPEUR.

De condamnations ne soyons donc pas chiches.
Les plus coupables sont, à ce compte?...

TIGRISPIERRE.

Les riches.

JURISPEUR.

Juste.

TIGRISPIERRE.

Moitié des biens passe au confiscateur;
Et l'autre pour salaire au dénonciateur.

JURISPEUR.

Bonne loi! tout saisir n'est point acte arbitraire
Aux yeux d'une Thémis révolutionnaire.

TIGRISPIERRE.

Aux délateurs par là cent profits dévolus
Acquièrent à la loi des amis résolus.

JURISPEUR.

Après, signalez-moi les gens irrémissibles.

TIGRISPIERRE.

Les féodaux.

JURISPEUR.

Leurs noms sont des délits visibles,
Et leur droit patronal est un crime à punir.
Ensuite, quels fauteurs peuvent nous revenir?

TIGRISPIERRE.

Les gens d'Église.

JURISPEUR.

Ils ont de grasses abbayes,
Ce crime-là vaut bien celui des seigneuries.
Et quels autres encor?

TIGRISPIERRE.

Les gens de tout métier
Qui croiront leur métal plus sûr que mon papier.

JURISPEUR.

Ne trouvera-t-on pas notre justice inique?

TIGRISPIERRE.

Non, en verbalisant sous la forme authentique,
On rend tout équitable aux regards du parquet.
Mes décrets t'appuîront si la loi te manquait.
Puis, je ferai jouer ma machine fiscale,

Où coule en or le sang versé sans intervalle,
Et, pressurant chacun, sa vis et son fouloir
Enverront la pécune aux cuves du pressoir.

JURISPEUR.

Bon !

TIGRISPIERRE.

Ah ! les écrivains, race de pamphlétaires.....
Je les oubliais !

JURISPEUR.

Eux ! ce sont de pauvres haires,
Ne valant pas l'arrêt dans nos greffes inscrit :
La cour perdrait son temps.

TIGRISPIERRE.

Non, non, mort à l'esprit !
Il sophistiquerait contre mon intendance,
Et romprait mon niveau basé sur l'ignorance.
Atteins-moi les proscrits jugés incontinent,
Et je battrai monnaie en les exterminant.

Il dit, et Jurispeur, son magistral complice,
Trace en un haut placard : *ordre, lois* et *justice.*
Lutessote, pipée à ces mots coutumiers,
Les vante à Plumebec, scribe impur des charniers,
C'est le représentant de la littérature :
Il nourrit de rébus son goût pour la lecture,
Et de Démagogueule explique bien ou mal
Le droit imprescriptible et l'acte social :
Ces romans de vertu politique et civile

Transportent de plaisir la rentière imbécille.
Il infuse pour elle, en des journaux divers,
Ou pesants vers en prose, ou froide prose en vers,
Et des contes badins qu'un Duchesne aristarque
Charge d'F et de B, contre Dynastiarque.
Les flots d'encre, emprégnés de malignes humeurs,
Dissolvent à la fois son bon sens et ses mœurs :
Elle court, en bacchante effrénée, impudique,
Mettre des Arétins la morale en pratique,
Et, pour mieux consacrer les fruits de leur leçon,
Exilant Dieu du temple, y veut voir la Raison :
Une libre danseuse, à Lampsaque vendue,
Minerve de l'autel et divinité nue,
Sourit au pur encens des paillards réunis
Dans le temple paré que rouvre Architecnis ;
Le grand Architecnis, maçon, sculpteur et peintre,
En étoila le dôme, en décora le ceintre ;
Chef de tous les beaux-arts, il plaint les saints tombés,
Les écussons détruits, les tableaux dérobés,
Et des patrons absents masquant les tristes niches,
Replâtrant les lambris, rajustant les corniches,
Sur les murs regrattés peint un bonnet sanglant,
Signe des libertés du peuple tout tremblant.

Cette farce hideuse en ses progrès s'anime :
Son jeu sans dialogue éclate en pantomime.
On y voit Tigrispierre, inquiet de ses droits,
Les faire confirmer sur un autel de bois,
Grossier échafaudage, où sa folle rentière,
Le nommant curateur de sa fortune entière,
S'engage par serment envers ce régisseur

A ne plus retourner vers son prédécesseur.
Les serments ne sont rien sitôt qu'on les renie :
Mais un bâillon, reçu dans la cérémonie,
La rend muette aux pieds de ce roi des gredins ;
Et l'imposteur, grimpant de gradins en gradins,
Maître de sa maîtresse en arrivant au faîte,
Veut qu'en être suprême on lui chôme une fête,
Et qu'en bon peuple unis, ses Jacobins fervents
Célèbrent son office en humbles desservants.
Au projet du coquin, Lutessote étonnée
Tire à soi Jurispeur, qui l'avait bâillonnée,
Et qui par l'insolent lui-même épouvanté
Frémissait à le voir en idole monté :
Ce dernier tour de force allait combler sa gloire,
Quand, tout-à-coup un choc lui cassant la mâchoire,
Il tombe, et se transforme en un chat miaulant
Que mille chiens vengeurs déchirent en hurlant.
Telle était l'action jouée en intermède.
Lutessote à l'instant rompt le joug qui l'obsède ;
De ses sœurs les cités les messagers présents,
Rouvrant soudain passage à ses libres accents,
Arrachent le bâillon qui l'eût presque étouffée :
Déjà du bonnet rouge elle s'est décoiffée,
Et voit avec horreur ce qui l'environnait
Couvert de tous côtés de ce fatal bonnet :
Maîtres, valets, enfants, vieillards, bâtiments même,
Du code des bourreaux portaient ce sale emblême.
Elle crie, éperdue, et revenant à soi :

Il n'est plus ce méchant qui me glaça d'effroi !
Buveur du sang de tous, il fit par son système
Passer l'assassinat en loi juste et suprême.
Au nom du peuple, au mien, ses fouloirs meurtriers
Frappaient ses ennemis, écrasés par milliers.....
Eh ! qui poussait sa rage à leur ôter la vie ?
C'est moins cupidité que haine et basse envie.
Mais, du coin de la borne au haut de la maison
Il fit des délateurs monter la trahison,
Pour mieux multiplier les coups de sa vengeance.
Devant le fils gagné fuyait le père en transe,
Devant la sœur, le frère ; et, tyrans du quartier,
Les plus vils colporteurs régnaient sur le portier.
Et moi, qui sers d'exemple, étais-je assez crédule ?
Étais-je assez niaise, assez lâche, assez nulle ?
Voyez où me menaient mes aveugles amours
Des souverainetés du peuple et des faubourgs !
Ne me vendaient-ils pas à leur incorruptible !.....
On ne m'y prendra plus : la leçon est terrible ;
Et puisqu'à ma régie un chef est si fatal,
De cinq têtes formons un corps quintumviral.

Elle dit, et choisit, dans les rangs de la foule,
Cinq clubistes, fêlés au sortir de leur moule,
Qui, courbés aux bureaux d'un secrétariat,
Composent en greffiers son directoriat.
Le sang par eux lavé s'efface ; et Lutessote,
Sous d'étrusques habits reprenant sa marotte,

Chasse au bruit des grelots les regrets importuns,
Et danse au tambourin sur les os des défunts.
   Bientôt ses quintumvirs, que maigrit la jaunisse,
S'en vont pour s'engraisser prendre le lait de Suisse,
Et de leurs bons voisins voler les bestiaux;
On les rosse, on les pousse et par monts et par vaux
Et de tous les côtés la Rentière attaquée
Voit sa régie encor près d'être détraquée.
Or, voici que d'un coin survient, en caporal,
De tous les charlatans un charlatan rival;
Ce même va-nu-pieds qui devant Tigrispierre
Déjà le sabre au flanc montra sa carnassière;
Subtil pipeur de dez, funambule hardi,
En tous sauts périlleux sur la corde applaudi,
Jouant aux gobelets, par un prompt sortilége,
Non de seuls cochons d'Inde et des balles de liége,
Mais châteaux et cités, mais les hommes et tout.
Ce satanique esprit sur la scène est debout.

FUSILLARON ET LUTESSOTE.

FUSILLARON.

Eh bien! pourquoi gémir, belle républicaine?
Quand tu veux être en joie on te remet en peine.

LUTESSOTE.

Qui donc es-tu?

FUSILLARON.

Corsaire.

LUTESSOTE.

Ah! j'ai vu ce brutal...

FUSILLARON.

Oui, lorsqu'en vendémiaire on te donna ce bal
Où de moi tu reçus une claque pour rire.
Tu ne t'en ressens plus?

LUTESSOTE.

Cela te plaît à dire.
D'où reviens-tu?

FUSILLARON.

D'Afrique.

LUTESSOTE.

Eh! que faisais-tu là!

FUSILLARON.

Le chef des Bédouins.

LUTESSOTE.

Belle école cela!

FUSILLARON.

Crois-moi, j'en sais très-long; j'ai fait mes caravanes.
Un char ne roule pas attelé par des ânes :
Ceux-ci t'ont embourbée, et tout les fait broncher;
Prends-moi de bons chevaux dont je sois le cocher.
Tes quintumvirs ont cru, sur ma petite flotte,
M'escamoter là-bas; moi, je les escamote.
Vois-les entre mes doigs disparaître soudain :
Que de cinq partent trois, restent deux en ma main.
Fais-en les sous-commis de ta surintendance;
Et moi, Fusillaron, j'en tiendrai la régence.

LUTESSOTE.

Un bandit tel que toi, l'élire gouverneur!
Tu n'es qu'un braconnier.

FUSILLARON.

Nomme-moi grand-veneur.
Bientôt, agrandissant l'enclos de tes domaines,
Et battant le gibier sur les terres lointaines,
Ma chasse à ta maison vaudra mieux tous les ans
Qu'au pêcheur Londrichard ne valent ses étangs.
Donne-moi seulement, pour ton propre avantage,
Piqueurs, chevaux, et chiens, et complet équipage.

LUTESSOTE.

Ai-je de quoi monter un train si ruineux?

FUSILLARON.

Ton large coffre-fort sonne-t-il déjà creux?
De confiscations ta bourse est toute pleine :
J'en tirerai de quoi te faire vivre en reine :
Et, tranchant pour ma part du seigneur suzerain,
Je soumettrai vingt fiefs à ton droit souverain.
Te sied-il d'exister en simple citoyenne?

LUTESSOTE.

J'en ai fait la promesse, il faut que je la tienne.
Que diraient le bon peuple et les villes mes sœurs,
Si de la royauté j'affectais les grandeurs?

FUSILLARON.

Se doit-on enchaîner à tenir sa parole?
Agis, et moque-toi d'un murmure frivole.
Regarde mes grelots, mes hochets, mes rubans,
Mon cor et mon mousquet, ce sont mes talismans.

LUTESSOTE.

A quoi te servira cet attirail magique?

FUSILLARON.

A métamorphoser toute ta république.

Tiens, j'en ai fait d'avance un essai singulier.
Quand tomba Tigrispierre au fond de son bourbier,
Je pris son bonnet rouge, et, par mon artifice,
Le retappai moi-même en bonnet de milice :
Dans la fange et le sang ce bonnet ramassé,
Teint en bleu d'ordonnance et sur mon front placé,
Le reconnaîtrais-tu pour la sale coiffure
Dont un coup de savon a lavé la souillure?

LUTESSOTE.

Il te sied à ravir : ce tour te fait honneur.
Sois donc surintendant et de plus grand-veneur.

FUSILLARON.

Çà, plus de carmagnole et plus de souguenille.
Appellons tous tes gens pour que je les r'habille.
Eh! eh! grands écuyers! chambellans! sénéchaux!...

LUTESSOTE.

Arrête... je n'ai plus de nobles commensaux.

FUSILLARON.

Les voilà recréés d'un coup de ma baguette.
Ton état communal proscrivant l'étiquette,
De tes laquais brodés bannissait le concours :
Redeviens grande dame et suis le train des cours.

LUTESSOTE.

Quels sont tous ces messieurs?

FUSILLARON.

Des gardes et des pages,
Qui vont de ton palais fermer tous les passages.

LUTESSOTE.

De cérémonial ainsi m'environner,
C'est me mettre en honneur moins que m'emprisonner.

FUSILLARON.

Plutôt mourir cent fois que de te rendre esclave!
Rétablir un peu l'ordre, est-ce porter entrave
A ton goût pour les bals et pour les opéras?
Je t'en ferai jouir plus que tu ne voudras.
Danse de fête en fête; et, par mille industries,
Je varierai pour toi mes fantasmagories :
Je ne veux t'enchaîner qu'à l'attrait du plaisir.

LUTESSOTE.

Oh! bien! tu peux de moi disposer à loisir.
Aux divertissements sans peur je m'abandonne;
Et qui sait m'amuser règne sur ma personne.

Elle dit; à ces mots, l'opérateur subtil,
De ses enchantements fait jouer chaque fil :
Aux piéges qu'il lui tend, la dame urbaine en proie
Roule un œil ébloui par mille feux de joie;
Et lui-même en plein cirque étalant tout son art,
Par cent coups de théâtre étonne son regard.
Elle s'en émerveille, et son extravagance
De son or en ces jeux verse à flots la dépense,
Tandis que la rigueur du besoin importun
Poursuit ses enfants nus et ses valets à jeun.
Mais des piqueurs sont prêts, une meute est dressée,
Le son du cor prélude à la chasse annoncée,
Et fait voler au loin l'intendant braconnier,
Qui fond aux alentours en vorace épervier.

LA PANHYPOCRISIADE,

CHANT DIX-HUITIÈME.

3

SOMMAIRE DU DIX-HUITIÈME CHANT.

Fusillaron ouvre ses chasses sur les terres d'un roi voisin : les gardes du domaine étranger ont voulu l'arrêter ; il les a repoussés, et reparait triomphant après avoir étouffé la contestation. Il institue son administration avec *Polyargus*, personnage figurant la police. Il veut dorénavant faire la chasse aux souverains eux-mêmes, et le devenir. *Polyargus* lui dénonce la rentrée secrète de *Féodalie* et d'*Inquisitine* ; mais *Fusillaron*, qui les a mystérieusement rappelées, les reçoit et les accueille en bonnes ouvrières, auxquelles il commande de raccommoder les ornements de la chapelle et de lui broder une couronne sur son bonnet de milicien. Celles-ci acceptent des gages dans le logis : il leur rend leurs titres anciens, et les associe avec *Démagogueule*, qu'il vient d'anoblir en lui faisant épouser le duc de l'Abus, par suite de son divorce avec le bas peuple. *Lutessote* est charmée de cette révolution développée en un intermède où le scribe *Plumebec* lui montre la lanterne magique. Elle y voit son grand-veneur couronné, vainqueur des princes qu'il relance dans les parcs royaux, et enfin sacré par le pape, aux yeux du *siècle de lumières*, ennemi de toutes les couronnes, et ne cessant d'en poser sur toutes les têtes. Un courrier annonce l'attaque imprévue du roi *Suzérinon*. Soudain *Fusillaron* saute de ses planches pour aller combattre avec ses piqueurs. Il explique ses plans de grandeur à *Lutessote*, qui se trompe à ses illusions, et le nomme sire. Scène entre *Féodalie* et sa sœur *Inquisitine*. Changement de décoration : *Fusillaron* traîne après lui le roi *Suzérinon* qu'il a battu, le force à conclure un traité de paix et à lui donner sa fille muette en mariage : le roi, bien rossé, la lui accorde. *Fusillaron-le-Grand* épouse *Basiliate*. La lanterne magique se rouvre ; et *Plumebec* expose à *Lutessote* la cérémonie des noces de la muette et de l'opérateur.

LA PANHYPOCRISIADE.

CHANT DIX-HUITIÈME.

Tout noir Phoras est l'effroi des monarques
Sur préjugés au trône bien entés,
Et les larrons de leurs royales marques
Leur font horreur à voir si haut plantés.
Mais qu'un soldat, centenier téméraire,
Volant leur sceptre, allarme leurs grandeurs,
Les potentats, ligués pour leur chimère,
Le saluant leur égal et leur frère,
Consacreront par des ambassadeurs
La majesté d'un brigand de la terre.

Devancé de sa meute ardente et meurtrière,
Revient Fusillaron ceint de sa bandoulière :
De sa course il rapporte un ample et gras butin
Enlevé du pays d'un haut seigneur voisin.
Ce prince, en vain armé, crut arrêter l'audace
Du brigand qui tira sur ses gardes de chasse,
Et qui, victorieux, et fier d'un tel succès,
En faisant peur à tous termina le procès.
Lutessote en triomphe ; et les chants, les guirlandes,
Accueillent en héros ce chef de contrebandes :
Mais lui, se dérobant aux honneurs superflus,
De ses projets d'orgueil parle à Polyargus,

Acolyte espion, qui tout yeux, tout oreilles,
Assiste Jurispeur de ses constantes veilles,
Et jour et nuit rôdant et se glissant partout,
Voit tout, recueille tout, sait tout, et lui dit tout.

FUSILLARON ET POLYARGUS.

FUSILLARON.

Frère Polyargus, que fait Démagogueule?

POLYARGUS.

Vous ne l'apaiserez qu'en lui cassant la gueule,
Et son courroux espère, en jetant cri sur cri,
Soulever contre vous le peuple son mari.

FUSILLARON.

L'ingrate cependant de ma faveur pour elle
Ne reçut-elle pas l'assurance réelle,
Quand de Dynastiarque attrapant un neveu
Je l'ai, dans un fossé, tué d'un coup de feu?

POLYARGUS.

Oui, mais aux partisans de ce Dynastiarque
Vous avez de faveur donné pareille marque,
En intentant procès, par-devant Jurispeur,
A ce brave soldat, notre ancien souteneur.

FUSILLARON.

J'ai d'en agir ainsi la raison la plus forte
Afin qu'en ma balance aucun poids ne l'emporte.
Trouvant à redouter deux partis dangereux,
Je les venge chacun, et les gagne tous deux;
Et pour que le plus fort soit en ce lieu le nôtre,
D'un côté je fusille, et fusille de l'autre.

POLYARGUS.

Mais où diantre, après tout, va votre ambition ?
Notre Urbaine, comblant votre prétention,
Déjà vous traite moins en régisseur qu'en maître :
Votre prédécesseur eût osé moins, peut-être ;
Et tous nos gens ont peur qu'au mépris de leurs droits
Vous ne vendiez enfin la maison à des rois.

FUSILLARON.

A des rois ! dis plutôt qu'habiles à tout prendre,
Les piqueurs forceront leur cour à me les vendre.
J'ai dressé des bassets à me les arrêter :
Ils flairent même un pape, et vont me l'apporter.

POLYARGUS.

Le monde rira bien d'un tel escamotage.

FUSILLARON.

Quand le divin oiseau sera dans notre cage,
Je veux qu'en mon honneur il chante un *te Deum*.

POLYARGUS.

Comptez-vous être roi, monsieur le *factotum* ?
Votre nom est pourtant peu généalogique.

FUSILLARON.

Fille du père Adam, la roture est antique :
La noblesse l'est moins : d'ailleurs, je suis bâtard,
Et comme Clodion, issu d'un beau hasard.

POLYARGUS.

Je crains que vos projets ne fâchent Lutessote.

FUSILLARON.

Tout ce que j'entreprends la charme ; elle est si sotte !

POLYARGUS.

Démagogueule ici va faire un bruit nouveau

Si de l'égalité vous rompez le niveau,
Elle qui de ses mains brisant les armoiries
Contre Dynastiarque exhala ses furies,
Et hait plus que la mort et titres et blazons.

FUSILLARON.

Si je la fais duchesse et ses cousins barons,
Tu verras tout-à-coup notre populacière
Affecter l'insolence en noble douairière.
Sa mère la cité ne se reconnaît plus;
La fille au lieu du peuple épousera l'Abus;
Et, pour cet autre hymen, ou par ruse ou par force,
Je la ferai céder à la loi du divorce.
Le scribe Plumebec, docile écrivassier,
Déja publiquement me proclame sorcier :
Autant pour Tigrispierre il a taillé de plumes,
Autant pour me vanter il promet de volumes.
Les plumes, tu le sais, tournent à tous les vents.
Mets donc le poids de l'or dans tous les arguments :
Et prose et vers partout sortiront de la presse
En l'honneur de ma gloire et de mes tours d'adresse.

POLYARGUS.

De la presse il faut donc souffrir la liberté?

FUSILLARON.

Pourvu que sous tes yeux chaque mot soit dicté,
Et que les éditeurs louant mon seul génie
N'aillent pas l'accuser de quelque tyrannie.
Du reste, laisse tout librement s'imprimer.

POLYARGUS.

Oui, surveiller l'esprit ce n'est pas l'opprimer.

FUSILLARON.

Lutessote aime à lire ; il faut que tu l'amuses.
Je fais pour les beaux-arts autant que pour les muses.
Architecnis, leur chef, et maître en bâtiments,
Sculpte sur les frontons de tous les monuments
Mon F initiale ; et pour mes veneries
Construit de grands scelliers, de vastes écuries,
Et le chenil superbe où seront mes limiers.
Ce faste me conquiert l'amour des ouvriers.
De démolitions Tigrispierre idolâtre
Ne dressait que des arcs de sapin et de plâtre :
Il n'échafaudait rien qui pût long-temps tenir.
Moi je bâtis en pierre et songe à l'avenir.

POLYARGUS.

Vous ne la retirez que des maisons voisines,
Qui pour matériaux vous offrent leurs ruines.
J'entends qu'on en murmure ; et vos constructions,
Qui n'équivalent pas à vos destructions,
Se sont fait appeler par des bouches suspectes,
Le siége de nos murs fait par vos architectes.

FUSILLARON.

Punis les sots railleurs, et dicte à Plumebec
De virulents journaux qui leur ferment le bec.
Je ne suis pas d'humeur à souffrir qu'on babille ;
Les diseurs de bons mots, vois-tu? je les fusille.

POLYARGUS.

On le sait ; on se tait, et l'esprit fait le mort.
Mais quittons ce chapitre : écoutez mon rapport.
Sous un déguisement deux nobles émigrées,
Sœurs de Dynastiarque, au logis sont rentrées.

J'ignore quel espoir peut ramener leurs pas :
Elles marchent à l'ombre et chuchottent bien bas.

FUSILLARON.

Oui, c'est Féodalie et c'est Inquisitine,
Dont j'attire en secret la marche clandestine,
Afin que leurs talents m'aident à préparer
Un effet théâtral que je vais opérer.
Ces intrigantes-là sont bonnes ouvrières.

POLYARGUS.

Pour vous servir jamais je les croyais trop fières.

FUSILLARON.

Introduis-les céans ; et tu pourras juger
Si leur morgue avec moi craindra de déroger.

Il dit ; au même instant l'une et l'autre coureuse,
En humble sœur du pot, en simple revendeuse,
Se présentant à lui, tournent vers l'effronté,
L'une, un regard contrit ; l'autre, un œil attristé.

LES PRÉCÉDENTS, INQUISITINE ET FÉODALIE.

INQUISITINE.

Seigneur surintendant...

FÉODALIE.

Grand-veneur...

INQUISITINE.

Puissant maître...

FUSILLARON.

Trève à mes qualités... qui changeront, peut-être.

INQUISITINE.

Le ciel vous a créé pour nous tirer d'exil :
Dieu nous y condamnait ; hélas ! ainsi soit-il.

FUSILLARON.

Que voulez-vous?

INQUISITINE.

Prier pour votre seigneurie.

FUSILLARON.

Raccommodez-vous bien l'antique broderie ?

INQUISITINE.

Je brodais pour l'Église et pour le maître-autel.

FUSILLARON.

Bon ; j'en fais ravauder l'ornement solennel.
Et vous ?

FÉODALIE.

Je brode, moi, les coutures dorées,
Les habits de parade et les riches livrées.

FUSILLARON.

Tenez, sur cette coiffe essayez-vous un peu :
C'était le bonnet rouge, et je l'ai teint en bleu ;
Pour en changer l'aspect, dont toujours on frissonne,
Il faut que votre aiguille y tresse une couronne.

FÉODALIE.

Pourrai-je sans rougir, travaillant à cela,
D'un diadême auguste orner ce bonnet-là ?

FUSILLARON.

N'allez pas, s'il vous plaît, faire la mijaurée.
Voulez-vous être gueuse, ou bien riche et titrée ?

Choisissez le scrupule, ou la docilité.

FÉODALIE.

J'accepte avec honneur ma domesticité.

FUSILLARON.

Qu'à son tour, sans façon, votre sœur se confesse.

INQUISITINE.

Je me résigne à tout si l'on me rend la messe.
Vous êtes mon sauveur, et sans restriction
Je vous donne à genoux ma bénédiction.

FUSILLARON.

Lutessote retourne à son ancien régime ;
Et vous trigauderez sans qu'on vous mésestime.
Reprenez vos habits, vos allures, vos mœurs :
Vous, ayez des laquais, et vous, des confesseurs.

FÉODALIE.

Ah! de notre crédit l'adversaire insensée,
Démagogueule, enfin, vous l'avez donc chassée,
Puisque dans tous nos droits pouvant nous rétablir...

FUSILLARON.

Elle! détrompez-vous; je viens de l'anoblir.

INQUISITINE.

Quoi? cette harangère aussi basse qu'impie!

FÉODALIE.

Cette femme du peuple, impudente harpie!

INQUISITINE.

L'asseoir en notre rang, l'idée en fait frémir!

FÉODALIE.

Me placer auprès d'elle, ah! c'est de quoi vomir!

FUSILLARON.

Fille de Lutessote, et des cours honorée,

En princesse du sang elle est considérée.
Il vous faut toutes deux, pour entrer en faveur,
D'abord à son service être dames d'honneur.

FÉODALIE.

Nous, ma chère!

INQUISITINE.

Qui? nous!

FUSILLARON.

Oui, vous, je le répète :
Vous porterez sa queue aux grands jours d'étiquette,
Vous lui tiendrez ses gants, son sac et son mouchoir,
Et l'accompagnerez dans les cercles du soir.

FÉODALIE.

Ah! ma sœur, nous sied-il d'être ses complaisantes?

FUSILLARON.

Point de grimace, ou bien je vous fais ses servantes.

FÉODALIE.

Je consens pour vous plaire à me sacrifier.

INQUISITINE.

Dieu me fait un devoir de me mortifier.

Soudain la porte s'ouvre; un valet qui s'empresse
Annonce à haute voix : *Madame la Duchesse!*
L'introducteur encor, demeurant en défaut,
Conteste à des huissiers le titre qu'il lui faut;
Mais la dame lui crie, en repoussant leur troupe :

Oui, duchesse, mon homme! Eh bien! ça te le coupe

De m'entendre annoncer hautement de ce nom !
Demande au grand-veneur, suis-je duchesse, ou non ?

FUSILLARON.

Duchesse, oui, de ce jour, et qui plus est, princesse;
Oui, s'il en fut jamais.

DÉMAGOGUEULE.

J'étouffe d'allégresse !
C'est qu'on se sent toute autre avec ces titres-là !
J'accours vous rendre grâce, hommage, et *cætera !*
Dame! aux beaux compliments il faut qu'on me façonne...
Mais salut, grand-veneur ! vraiment, je te... pardonne...
Que dis-je? pardonnez ; tutoyer est un tort :
En révolution on se tutoyait fort :
A la cour j'en perdrai la mauvaise habitude.
Ah ! que de trop tarder j'avais d'inquiétude !...
Ma robe était à faire et mille affutiaux...
Il fallait m'acheter et carrosse et chevaux...
Ah, ciel ! comme à la porte ils m'ont éclaboussée...
Voyez ! Dieu sait pourtant si j'étais bien troussée ;
Mais mon empressement... puis, sous tant d'attirail,
Votre servante, oui dà, n'a pas fait un long bail.

FUSILLARON.

Ces deux sœurs que mon choix place à votre service
Sauront vous l'alléger par plus d'un bon office.
Faites-en, s'il vous plaît, en leur prêtant secours,
Ou vos dames d'honneur ou vos femmes d'atours.

DÉMAGOGUEULE.

Ces couturières-là !... quelles sont ces guenuches
Se tenant devant nous roides comme des bûches ?...
Ah ! je les reconnais sous leurs habits trompeurs !...

Oui, de Dynastiarque, oui, ce sont les deux sœurs !
Quoi? vous souffrez qu'ici reviennent ces coquines !

FUSILLARON.

Paix ! paix ! je ne veux plus de guerres intestines.

DÉMAGOGUEULE.

De rentrer en ces lieux elles ont eu le front !

FUSILLARON.

Paix, dis-je ! à leur noblesse épargnez tout affront.
C'est moi qui les rappelle, et moi qui les protége.

DÉMAGOGUEULE.

Leur voulez-vous aussi rendre leur privilége ?

FUSILLARON.

Je veux qu'on les accueille en dames du palais,
Et qu'un embrassement finisse vos procès.
Celle-ci fut baronne, et celle-là comtesse.

INQUISITINE.

Je fais ma révérence à l'aimable duchesse.

FÉODALIE.

A la duchesse, moi, je la fais à mon tour.

DÉMAGOGUEULE.

Baise-moi, chère enfant ! baise, ma belle amour !
Mon titre me rend fière en sortant de leur bouche.
Plus de rancune donc ! votre respect me touche :
Je jure que céans nous n'aurons plus de train.
Croyez-moi, taupez là ; j'ai le cœur sur la main.
Quels que soient de nos rangs les gênants intervalles,
Vous vivrez près de moi comme étant mes égales.

INQUISITINE.

C'est trop m'énorgueillir !

FÉODALIE.

C'est m'honorer beaucoup.

POLYARGUS, *bas à Fusillaron.*

Docte Fusillaron, voilà, certe, un grand coup,
D'avoir fait par un mot, qui n'est rien que magie,
S'embrasser la noblesse et la démagogie!

DÉMAGOGUEULE.

Mes belles, montrez-moi comme il faut saluer,
Entrer, sortir, parler, tousser, éternuer;
Car moi, qui suis novice en choses d'étiquette,
Je crache en éventail et me mouche en trompette.
Vous aviez meilleur air, vous autres de jadis.

FÉODALIE.

Avec un si bon ton qu'est-il besoin d'avis,
Madame la duchesse?

INQUISITINE.

Ah! quand je vous contemple,
Je vois que c'est à vous de nous donner l'exemple,
Madame la duchesse!

DÉMAGOGUEULE.

Oui, c'est qu'en vérité
Tout nous va bien, à nous, femmes de qualité.
Grand-veneur, on festine en ma nouvelle salle;
Honorez mon galas; venez-y : je régale.

FUSILLARON.

Vous vous mettez en frais?

DÉMAGOGUEULE.

Je fouille au boursicot;
Ce n'est pas le Pérou que d'avoir bon fricot.

FUSILLARON.

Polyargus ira.

DÉMAGOGUEULE.

Plumebec, après boire,
Dira des impromptu tirés de son grimoire :
Un mystificateur nous prendra sans égard
Moi, pour une catin, et lui, pour un mouchard.

FÉODALIE.

Quel charmant à-propos, madame la duchesse!

DÉMAGOGUEULE.

Oh! tout doit se passer avec délicatesse,
Et de ma *ducherie* on ne se rira pas.
Ma dignité s'absente en un si gai repas;
J'y suis *incognito*... çà, quittez vos guenippes,
Et de ma garde-robe ajustez-vous les nippes;
C'est moi qui vous requinque en chiffons, en bijoux.

INQUISITINE.

Madame la duchesse est trop bonne pour nous.

DÉMAGOGUEULE.

Recevez, grand-veneur, l'adieu de vos vassales.

Fusillaron sourit à ces trois commensales,
Êtres que séparaient la haine et le mépris,
Et qu'allie un noir piége où son art les a pris.
Il voit trop qu'à son joug l'intérêt les attache,
Malgré l'affreux dépit que leur ame se cache,
Et montre au bas enfer, plein de dérision,
Le tableau grimaçant de leur lâche union.

Mais quelle scène encor sa malice ennemie
Tire des fusions de sa sombre alchimie !
Tel du chœur de Thespis un coryphée acteur,
Tel Plumebec, héraut du fier opérateur,
Explique à Lutessote, en un grossier programme,
Et les gestes du mime et les masques du drame.

Vous allez voir, dit-il, ce que vous allez voir!
Voyez notre intendant réparer le manoir,
S'enrichir, et grandir plus que Dynastiarque,
Dont il prend la livrée et l'écharpe en monarque!
Voyez ce grand-veneur, plus fort de votre appui,
Lancer ses chiens courants sur les terres d'autrui!
Il ne poursuit lapins, loups, ni daims, en ses chasses,
Mais des rois demi-cerfs, des altesses bécasses,
Des ministres renards, et des papes oisons.
Vous en allez voir un parmi ces venaisons,
Oindre et bénir sa tête, et, sans qu'une ame bouge,
Lui poser la couronne ornant son bonnet rouge!
Voyez! vous allez voir ce que vous allez voir!
Ce grand-veneur sorcier sur un trône s'asseoir.
Voyez pâlir sous lui l'innombrable canaille
Qui des piqueurs armés respecte la mitraille!
Du peuple et des faubourgs voyez l'air hébété,
De ce qu'il fonde en lui leur souveraineté!
Voyez des libéraux l'indépendance altière
Admirer ses filets, son plomb, sa poudrière;
Et leurs chapeaux en l'air, et leurs élans forcés,
Démentis par leurs fronts stupidement baissés!
Voyez sa chaste épouse au milieu de ses joies,

Et ses frères les paons, ses sœurs les belles oies !
Ah ! ah ! vous allez voir ce que vous allez voir !
Cette race bâtarde et craignant de décheoir,
Toujours pondant des rois, couvant princesses, princes!
A si grande nichée il faut grandes provinces :
Voyez de branche en branche un petit s'accrochant
Du nord jusqu'au midi ! de l'aurore au couchant !
Voyez de roitelets ces bandes survenues,
Ces poules se huppant en reines parvenues !
Voyez leur basse-cour !... Ah ! ah ! vous allez voir
Le siècle de lumière, admirable en savoir,
Créant, tout orgueilleux de l'essor qu'il déploie,
L'ordre de l'épervier, royal oiseau de proie,
Et celui du faucon, et celui du vautour !
Voyez rétrograder ce siècle sans retour,
Voyez ce siècle libre, ennemi des couronnes,
N'ériger plus que dais, que sceptres, et que trônes,
Et d'un soi-disant aigle adorer les exploits !
Parais, et disparais, dit-il à tous les rois.
Voyez tous les badauds chantant sa renommée,
Et tandis que leurs biens s'envolent en fumée,
Le grand Fusillaron, de richesses pourvu,
Qui seul vous a fait voir ce que vous avez vu !

Lutessote se pâme à l'éclat fantastique
Dont l'éblouit ce jeu de lanterne magique,
Que soutient la splendeur des décorations
Et la rampe éclairant des princes histrions.

Mais un courrier survient, qui, fendant le théâtre,

Porte un subit effroi dans tout l'amphithéâtre,
Et dit qu'avec ses gens le roi Suzérinon
Veut des chasses qu'il fit punir Fusillaron.
Des planches descendu le bateleur s'écrie :

Quoi? ce reitre m'attaque?... ah! massacre! ah! furie!
Ah! tête! ah! ventre! ah! mort! viens te faire étriller!...
Pousse, avance... j'ai là de quoi te mitrailler...
Ah! tu fais le César?... apprends donc que moi-même
Je le suis plus que toi : vois-tu mon diadême?

LUTESSOTE.

Comment? vous flattez-vous qu'un hochet théâtral
Passe sur votre front pour un bandeau royal?
J'ai cru que vous jouiiez le monarque pour rire.

FUSILLARON.

Non! c'est, par la sangbleu! pour qu'on me nomme sire;
Et je ne prétends pas, grimpé sur ces tréteaux,
Dans la coulisse après laisser mes oripeaux.
Ce n'est point une farce, et la chose est très-grave.
Le premier qui fut roi ne fut qu'un chasseur brave :
Moi je suis grand-veneur, et, partant, souverain,
Traitant de pair à pair avec tout suzerain.
Je cours à l'Allemand qui me cherche querelle
Mettre, pour le calmer, du plomb dans la cervelle.

LUTESSOTE.

Diable d'homme! aurions-nous ce débat avec lui
Sans l'ardeur qui vous pousse à chasser chez autrui?
Sur les terres de tous pourquoi tant d'escapades?
Pourquoi de mes confins sauter les palissades?
Sans cesse, par votre ordre, et piqueurs et guenards,

Dans les bois des voisins dressent des traquenards :
Aucun d'eux peut-il voir sans que la peur le gagne
Que vos méchants limiers, lancés jusqu'en Espagne,
Pour ma ménagerie aient de l'Escurial
Pris le taureau, l'hyène et le tigre royal?

FUSILLARON.

Je ne suis pas au bout : dans quelque adroite embûche
Mes rêts feront tomber l'impériale autruche;
Et j'atteindrai du nord les rennes et les ours.
Je veux où bon me semble ainsi chasser toujours :
Et sans le bras de mer, à franchir difficile,
Qui sépare de moi Londrine dans son île,
Mon fusil abattrait ses maudits léopards.
Au commerce elle et moi nous voulons mêmes parts :
Moi, sous ma gibecière; elle, traînant sa nasse;
Elle usurpe la pêche, et j'envahis la chasse.
Va, mon urbaine, va, laisse aboyer mes chiens :
Tu verras tes marchés mieux fournis que les siens.
Tu frémis des procès!... et moi je les élève
Pour me faire un prétexte à n'avoir paix ni trêve.
Cesse de t'allarmer que, pour donner la loi,
Ton grand-veneur se monte une maison de roi.
N'ai-je pas converti Démagogucule même,
Et pour les nobles rangs vaincu sa haine extrême,
En la nommant duchesse, en créant chevaliers
Tous ses obscurs parents décorés d'éperviers?
Ma majesté fictive à ses yeux est réelle.
Fais-toi pour l'honorer même illusion qu'elle :
Ordonne que tes fils, s'avouant mes sujets,
Du corps de mes piqueurs forment les rangs complets,

Qu'ils entrent dans ma garde en chefs des veneries ;
Et j'étendrai si loin tes capitaineries
Que nul prince en ses fiefs n'aura plus le loisir
De tirer un lapin, sauf notre bon plaisir.

LUTESSOTE.

O! génie admirable! ô! projet qui m'étonne!

FUSILLARON.

Sus donc : par un serment promets à ma couronne
Hommes, chevaux, argent, autant qu'il m'en faudra.

LUTESSOTE.

Sois toujours le plus fort, et mon serment tiendra.
Ma votante machine, à dessein conservée,
Décrétera tes lois par assis et levée :
C'était de Tigrispierre un très-souple instrument;
Elle obéira, sire, à ton commandement.

FUSILLARON.

Holà! eh! oh! piqueurs! je vais sur l'esplanade
Vous passer en revue.

LUTESSOTE.

Adieu! fais ta parade.

Du château disparu l'on voit tous les valets
Tenant en main chevaux, limiers, dogues, bassets,
Et dans un carrousel, au bruit du cor qui sonne,
En leurs rangs chamarés accueillant la personne
De sire opérateur qui, prince du chenil,
Visite de ses gens la veste et le fusil.
A son signal donné la meute entière aboie,

Et tous à la curée ils volent pleins de joie.

Sur la scène, en un coin, deux actrices à part
S'entretenaient ensemble au moment du départ.

FÉODALIE ET INQUISITINE.

FÉODALIE.

Ce grand-veneur vraiment a la mine d'un prince!
Quel embonpoint a pris son corps fluet et mince!
Ses écuyers brodés, leurs chapeaux, leurs plumets,
M'ont rappelé l'éclat des beaux temps que j'aimais.

INQUISITINE.

Oui, de notre bon frère il singe bien l'alure,
Et le drôle à cheval se tient mieux en posture.
Moi, qui n'entrai chez lui qu'afin de le trahir,
Je ne sais plus pourquoi je voulais le haïr.

FÉODALIE.

Il nous réanoblit par sa rare prudence.

INQUISITINE.

Pour mon pauvre clergé c'est une Providence.

FÉODALIE.

Par ses sages avis Lutessote a quitté
Son air grec et romain, son ton de liberté :
Elle a de chambellans une cour décorée,
Petit et grand lever, et brillante livrée;
A ses pages il rend leurs surtouts à galons;
A vous votre chapelle, à moi mes beaux salons :
Que nous faut-il de plus? C'est agir en monarque,
Et faire pour les mœurs plus que Dynastiarque.

INQUISITINE.

Bénissons-le, ma sœur : mon nouvel aumônier
Pour son salut au prône ordonne de prier.

FÉODALIE.

Ainsi dans son palais vous êtes installée
Sans que d'un repentir votre ame soit troublée?

INQUISITINE.

Je n'en ressens aucun : c'est l'envoyé de Dieu.

FÉODALIE.

Mais il a fusillé notre innocent neveu.

INQUISITINE.

Dieu, qui conduit les cœurs, peut seul juger la chose.

FÉODALIE.

Mais nous quittons pour lui la légitime cause.

INQUISITINE.

La cause de Dieu seul est sacrée ici-bas.

FÉODALIE.

Mais si la chance tourne...

INQUISITINE.

On tourne dans ce cas.

FÉODALIE.

Ah! j'entends! néanmoins un scrupule me blesse :
C'est que Démagogueule ici brille en duchesse,
Et que, par un intru fait suprême seigneur,
Madame de la halle ait des dames d'honneur.
Oui, d'un dépit sanguin je me sens toute bleue
Chaque fois qu'en public il faut porter sa queue.

INQUISITINE.

L'étiquette n'a rien qui nous doive indigner :
Je m'agenouillerais, moi, sans y répugner.

FÉODALIE.

Vous n'imaginez point l'insolence grossière
Que s'arroge déjà la noble roturière!
D'abord j'ai ri sous cap et raillé ses façons :
Mais elle croit au fait primer sur nos maisons.
Et de ses titres faux est si bien entêtée,
Que de femme de chambre elle m'aurait traitée.
Si je n'eusse, en boudant, rabattu son caquet ;
Car je n'osais répondre, et mon cœur suffoquait.
Quelle servilité, ma sœur, devient la nôtre!

INQUISITINE.

Celle-ci, je l'avoue, est plus rude qu'une autre :
Mais nous devons l'exemple aux messieurs du palais
Qui, piliers d'antichambre, y servent en laquais.
Souffrons notre pimbèche.

FÉODALIE.

Ah! quelle créature!
Quoi? ne sommes-nous pas, nous, d'une autre nature?
L'histrion, né vraiment pour tout humilier,
Ne fait que nous confondre, et croit nous rallier.
Je me repens d'avoir festonné sa couronne,
Et tissu de ma main les franges de son trône.
Qu'entends-je? on crie au loin victoire!...ah! chère sœur.
Ah! courons, s'il est vrai, saluer le vainqueur.

Le théâtre, docile aux ressorts des coulisses,
Des exploits du veneur offre les nobles lices.
Là, force chevaux morts, force chiens éventrés,

Chefs de meute et guenards dans la boue enterrés,
Sabres, mousquets brisés, aigrettes sous la fange,
Des débris d'un combat montrent l'affreux mélange.

Aux portes d'un château paraît Fusillaron,
Par l'oreille attirant le roi Suzérinon.

FUSILLARON ET SUZÉRINON.

FUSILLARON.
Oh! çà! faisons la paix, mon très-auguste frère.
SUZÉRINON.
Frère d'un parvenu!
FUSILLARON.
Diras-tu le contraire?
Nous nous sommes battus, et nous parlementons:
C'est l'usage entre rois. Je t'ai rossé; traitons.
Des négociateurs j'abrége les liasses:
Partageons ton domaine, et livre-moi tes chasses;
Je te laisse ton trône.
SUZÉRINON.
Impertinent vilain!
FUSILLARON.
Un vilain ne l'est plus s'il se fait souverain.
C'est un point reconnu du corps des diplomates,
Titrés d'ambassadeurs en vos cours d'automates:
Témoins ceux qui, portant votre humble compliment,
Vinrent chez Lutessote à mon avènement.
Je n'étais qu'intendant, grand-veneur, et vous-même
Confirmâtes à tous ma majesté suprême.

SUZÉRINON.

A cette comédie on daigna se prêter
Pour calmer Lutessote encline à s'agiter.
Quel de nous prévoyait qu'une farce odieuse
Devînt si redoutable et fût si sérieuse?

FUSILLARON.

Elle l'est tellement que, me sentant du nerf,
Je t'ai pris, haut seigneur, comme un timide cerf.

SUZÉRINON.

Mets-moi, si tu le veux, le couteau sur la gorge,
Je ne te céderai jamais de par Saint-George!

FUSILLARON.

Crois-tu m'épouvanter par ce juron anglais?
Ton ami Londrichard n'est pas là : fais la paix.

SUZÉRINON.

A quel prix?

FUSILLARON.

Un plein droit de chasser sur tes terres.

SUZÉRINON.

Non, te dis-je.

FUSILLARON.

Ayons donc recours aux étrivières.

SUZÉRINON.

Holà! gardes!

FUSILLARON.

J'ai mis tes estafiers à bas.
Ressens, encore un coup, ce que pèse mon bras.

SUZÉRINON.

Oh! aie! oh! le brigand, qui meurtrit un monarque!

FUSILLARON.

J'ai regret aux rigueurs dont je t'empreins la marque ;
Conclus pour l'effacer un pacte glorieux :
Ma générosité ne demande pas mieux.
Tu veux garder ta chasse?

SUZÉRINON.

Oui, certes, je m'en flatte.

FUSILLARON.

Eh bien! à mes desirs cède Basiliate.

SUZÉRINON.

Ma fille!... oh! l'arrogant!

FUSILLARON.

Oui, je l'épouserai ;
Elle est jeune et muette, et je l'enchanterai.

SUZÉRINON.

Quel front! oser m'offrir cette alliance infâme!
La fille des Césars d'un gueux être la femme!
Et me la demander en gage d'amitié,
Quand par devant l'autel le drôle est marié!

FUSILLARON.

Mon art empêchera par sa force divine
Que ta fille en mon lit passe pour concubine ;
Et, grace à ce même art où je suis consommé,
Notre enfant naturel naîtra légitimé.
Accepte-moi pour gendre, ou sinon je t'étrille....

SUZÉRINON.

En ce cas, touche-là? je t'accorde ma fille.
Tu me forces à tout par ton air résolu :
Embrasse ton beau-père, et l'hymen est conclu.
Trop heureux à ce prix de sauver mon domaine,

Je signe : la voici !... Viens, qu'on te fasse reine !
Ma chère, et prends l'époux que te choisit mon vœu...
Muette, tu n'as rien à me répondre ; adieu !

FUSILLARON.

Voilà le plus beau trait de mon escamotage.
Célébrons cet heureux et royal mariage.

Il dit : Basiliate avec des yeux confus
L'envisage ; mais lui, prévenant les refus
D'unè pudeur novice ou d'un dévot scrupule,
Soudain à cette Hébé fait juger son Hercule ;
Et d'un baiser païen se l'engage ardemment,
Doutant qu'un prêtre y mît le sceau d'un sacrement :
Puis on entend d'un coin où la belle est blottie,
« Vivat ! j'ai, pour le coup, fondé ma dynastie. »

La canaille infernale, à ce tour révélé,
Poussa dans son parterre un long rire perlé ;
Et de l'escamoteur, l'ame, alors spectatrice,
De cette facétie eut honte en sa malice.

Bientôt nouveau spectacle, ô ! mère des badauds !
Du grand cosmorama redresse les tréteaux :
Sa cornemuse en main, de ton prince empyrique
Plumebec vient rouvrir le théâtre mimique,
Et tes pantins royaux sont prêts à se mouvoir.

PLUMEBEC.

O! vous tous! venez voir ce que vous allez voir!
Ouvrez, ouvrez les yeux à ces rares merveilles!
Voyez ces chœurs portant et festons et corbeilles!
Hymen! ô hyménée! est le chant qu'à la fois
Sous les arcs nuptiaux entonnent mille voix :
Des filles, des garçons, voyez la folle bande
Danser en circulant la walse et l'allemande!
Voyez tous les buveurs, les rubis sur le nez,
Des cabarets sortant de joie enluminés,
Chasseurs caracolants, et meutes carnassières,
L'autruche à l'épervier uni sur les bannières;
Emblêmes voltigeant de leur double pouvoir!
Le tambour bat aux champs...oh! oh! qu'allez-vous voir?
Sire l'opérateur et sa muette illustre.
Les voilà! les voilà! contemplez tout leur lustre :
D'un char à huit chevaux bien caparaçonnés,
Ces nobles mariés sont à l'autel traînés.
Entendez-vous la foule, au seuil de la chapelle,
Dire : « Elle est bien sa femme! elle n'est plus pucelle! »
Prélats! consacrez-les à grands coups d'encensoir.
Vous allez voir, ah! ah! ce que vous allez voir :
Le pétillant éclat des beaux feux d'artifice
De leur empire en l'air élever l'édifice!
Voyez reluire aux cieux le blason étoilé
Du prince le mieux fait pour être écartelé!
Oh! que de poudre aux yeux jette son brillant chiffre!
Voyez les violons, le tambourin, le fifre,

Exalter cette noce, et chacun en son rang
Crier. « Vive à jamais Fusillaron-le-Grand !

A ce mouvant fracas, émue et réjouie,
Sans cesse bat des mains Lutèssote éblouie :
Et la dupe, oubliant qu'aux frais de son trésor
Ce théâtral hymen brille d'argent et d'or,
S'enorgueillit de voir sur son échafaudage
Régner l'escamoteur d'un royal pucelage.

LA PANHYPOCRISIADE,

CHANT DIX-NEUVIÈME.

SOMMAIRE DU DIX-NEUVIÈME CHANT.

Naissance de l'enfant nommé Fusillaron II : tous les gens de *Lutessote* vont rendre leurs hommages à son berceau ; elle lui délègue ses possessions et le substitue en tous ses droits. Le peuple en murmure : *Fusillaron* consulte *Polyargus* et *Inquisitine*, dont les deux polices rivalisent à qui lui rapportera le mieux tout le mal qu'on dit de lui. Échauffé par leurs dénonciations, il part pour une grande chasse. *Polyargus* et *Inquisitine* chargés de distraire et d'amuser *Lutessote*, l'égayent au vol des oiseaux représentant les télégraphes. Ceux-ci présagent victoire sur victoire, mais enfin annoncent une terrible défaite. Désespoir de *Lutessote* exprimé en un burlesque monologue. *Fusillaron*, fugitif, lui apprend qu'il revient seul de Moscou et qu'il lui faut d'autres piqueurs et d'autres chiens. *Lutessote* admire son héroïsme. *La machine à décrets* recommence à jouer, et lui fournit des hommes, de l'argent, et une meute nouvelle. *Fusillaron* part encore, et les oiseaux nouvellistes lui révèlent bientôt un échec plus affreux que le précédent. *Féodalie* accourt instruire *Lutessote* de l'abdication de *Fusillaron*, pris par ses voisins et mis sous la garde d'un chien anglais, dans une île ; elle l'avertit aussi du retour de son ancien économe, *Dynastiarque*, accompagné d'un Briarée composé de quatre têtes de rois sur un seul corps. Triomphale entrée de ce corps et de *Dynastiarque*. Le vieux régisseur pardonne le passé, reçoit le serment de tous les domestiques, et accueille la nouvelle noblesse de la *duchesse de l'Abus*. Réjouissances et banquets. Consultation confidentielle de *Dynastiarque* et d'*Inquisitine* : *Polyargus*, qui les a épiés, veut les supplanter et illustrer la révolution en couronnant la police. Changement de scène : *Plumebec*, porté sur un nuage de feuilles périodiques, avertit *Fusillaron* du désir qu'on a de le revoir. Changement nouveau : *Dynastiarque* reçoit les instructions de *Féodalie* et d'*Inquisitine*, qui jurent de le défendre contre tout péril. *Lutessote* annonce que *Fusillaron* est lâché : tout s'enfuit.

LA PANHYPOCRISIADE.

CHANT DIX-NEUVIÈME.

SUR LE MARDI GRAS DE L'AN 1814.

O! leçon pour l'humanité!
Ce carnaval ensanglanté
Par la plus affreuse bourasque,
De Mars désenchantant le casque,
Fait passer LA GLOIRE sans masque
Devant Paris épouvanté.

Les mois, en intermède, écoulés comme un jour,
Font passer sous les yeux neuf lunes tour-à-tour,
Basiliate est mère; ainsi l'heureuse Alcmène
Que la muse de Plaute exposa sur la scène,
Enceinte au premier acte, accouchée au dernier,
Soudain au roi de Thèbe enfante un héritier :
Telle éclate aussitôt l'infaillible naissance
D'un garçon présumé qu'on admirait d'avance.
Un bruit de cent pétards annonce à tous les vœux
Du grand Fusillaron ce Fusillaron deux,
Successeur en un trône où grimpa son audace,
Et rejeton bâtard de sa bâtarde race.
Attentifs au canon, les badauds à genoux
D'une oreille stupide ont bien compté cent coups :

Ton sexe, ô nouveau né, pour eux n'est plus un doute.
Vers le berceau royal s'ouvre une large route,
Où tous vont d'un pas fier, d'un cœur déterminé,
Se jurer les sujets du marmot couronné.
Sur lui sont tous les yeux ; il n'est plus de genisse
Qui ne brûle pour lui de devenir nourrice.
Son père l'histrion, tenant un prisme en main
Où paraît s'agrandir son buste sur-humain,
Nouveau Gargantua, présente à Lutessote
Son beau Pentagruel, géant qu'on emmaillote,
Et de qui Jurispeur, chancelier redouté,
La déclare fermière à perpétuité.
Elle, au pied de son lit orné de mille franges,
Se prosterne attendrie à l'aspect de ses langes,
Et, se reconnaissant vassale de ses lois,
Sur toute sa maison lui délègue ses droits.
Des fessiers opinants un ressort élastique
Fait lever et s'asseoir la machine apathique :
Il en sort un décret ; et l'auguste placard
Asservit Lutessote aux titres du poupard.
Mais, à ce beau décret, affiché dans la rue,
L'engeance populaire et gronde, et siffle, et hue ;
Sire, le grand-veneur s'allarmant cette fois,
De sa double police interroge la voix.

FUSILLARON, POLYARGUS, INQUISITINE.

FUSILLARON.

D'où vient, Polyargus, d'où vient, Inquisitine,
Que ma gloire soulève une humeur si mutine?

Quoi? de simple veneur m'érigeant potentat,
J'ai su de la maison faire un puissant état!
Je place dans ma couche une fille royale!
Et la canaille encor se croyant mon égale,
S'efforçant à nier ma suzeraineté,
En dispute à mon fils le droit d'hérédité!
Des biens que j'ai régis maintenant donataire,
Ne m'en suis-je pas fait le seul propriétaire?
Vous, qui tenez l'oreille aux écoutes partout,
Quel mal dit-on de moi? dénoncez-moi bien tout.

POLYARGUS.

Je n'imiterai pas ce troupeau d'imbéciles
Bêlant autour de vous des louanges serviles,
Ni tous ces orateurs, esprits vides souvent,
Qui bouffis de grands mots en font sonner le vent,
Ni les soi-disant fils des vierges de mémoire
Sans cesse en votre honneur rimant gloire et victoire,
Et dont les vers, tracés pour la postérité,
N'iront qu'à la.....

FUSILLARON.

Comment?

POLYARGUS.

Postérieurité.

De ce terme nouveau la burlesque saillie
D'une forte huée est soudain assaillie :
Ce tour d'Aristophane, étant trop d'un goût grec,
Du sifflet des lutins reçoit un coup bien sec.

FUSILLARON.

Si c'est à ce but-là que s'adresse leur verve,
Pourquoi de Plumebec tant payer la Minerve?

POLYARGUS.

Aussi rit-on de voir que, sans le regretter,
Vous prodiguez l'argent pour vous faire chanter.
Mille odes vainement consacrent vos ravages :
On bafoue en tous lieux vos Lycophrons à gages.

FUSILLARON.

Eh bien! en buste, en pied, fais-moi peindre et sculpter.

POLYARGUS.

Les artistes, lassés de vous représenter,
Maudissent, en traçant votre face importune,
L'impôt sur leurs talents levé par la fortune.

FUSILLARON.

Leur devoir n'est-il pas de figurer les traits
Du héros de leur siècle, en de nombreux portraits?

POLYARGUS.

On vous nomme autrement d'après votre conduite.

FUSILLARON.

Comment m'appelle-t-on?

POLYARGUS.

Le héros de la fuite.

FUSILLARON.

Oui, j'ai fui, je fuirai ; n'en soyez pas surpris :
Ma maxime est de fuir plutôt que d'être pris.
Un héros, en fuyant, fait toujours des conquêtes
Quand des braves pour lui soutiennent les tempêtes.
J'unis en moi les dons de deux grands hommes, car
J'ai le cœur d'un Auguste et l'esprit d'un César.

POLYARGUS.

Aussi j'entends courir ce bruit déjà vulgaire
Que très-complètement vous faites un Tibère.

INQUISITINE.

Ah! ah! Polyargus! tu crois me surpasser
En lui disant de lui ce qu'on ose penser :
Mais alte là! mon zèle en sait bien davantage :
Démens, si tu le peux, mon saint espionage.
J'entends nommer, seigneur, dans les lieux clandestins,
Vos frères des larrons, et vos sœurs des catins...

POLYARGUS.

Vous-même on vous appelle un escroc, un faussaire...

INQUISITINE.

Un Mandrin couronné, l'Antechrist de la terre...

POLYARGUS.

Tigrispierre à cheval, Belzébut incarné...

INQUISITINE.

Aux brasiers de l'enfer tyran prédestiné...

POLYARGUS.

Ah! tu crois donc l'instruire, aveugle Inquisitine?
Ces épithètes-là n'ont rien qui le chagrine :
Des malédictions son cœur ne s'émeut pas :
Mais dis-lui les complots formés pour son trépas;
Dis-lui qu'on veut punir toutes ses impostures;
Dis-lui.....

FUSILLARON.

C'en est assez de vos rapports d'injures ;
Votre zèle à l'envi s'est assez disputé
L'honneur de faire au prince ouïr la vérité.
Sur votre surveillance est appuyé mon trône.

Je suis content : prenez cet or que je vous donne.
Et nous, soyons grand homme, et chassons la vapeur
Que de leurs noirs avis élève en moi la peur.
Tayau ! tayau ! tentons une course nouvelle
Et par le mouvement soulageons ma cervelle.

Il dit; et du plus loin, par d'éclatants abois,
Mille chiens déchaînés répondent à sa voix.
Soudain, épouvantée à ce signal de rage,
Lutessote apparaît, et l'arrête au passage.

LUTESSOTE.

Ah ! sire, où courez-vous?

FUSILLARON.

Chasser les ours du nord

Elle veut répliquer, il l'abandonne et sort.

LUTESSOTE, POLYARGUS, INQUISITINE.

LUTESSOTE.

O fieffé scélérat! ô moule d'impudence!
C'est moi qui le tirai de sa basse indigence,
C'est moi qui le comblai de biens, d'or et d'honneurs,
Daigne-t-il seulement écouter mes clameurs?

POLYARGUS.

Allons! apaisez-vous, Urbaine respectable.

De votre bonne humeur ministre responsable,
Mon office est ici de vous tranquilliser,
De vous fermer la bouche, et de vous amuser.
Égayez-vous au vol des oiseaux télégraphes :
Leur long col, leurs longs becs sont nos augurographes.

LUTESSOTE.

Qu'annoncent-ils ?

POLYARGUS.

Victoire ! et puis, victoire encor !
Et victoire toujours !... O quel sublime essor !
Avec ses éperviers, ah ! tudieu ! comme il vole !...
A peine est-il parti, le voilà presque au pôle...
Ouvrez la cathédrale, entonnez un *Salvum* :
Oui, qu'il soit homme ou diable, il vaut un *Te Deum*...
Vivat ! cent fois vivat ! pour ce dernier miracle...

INQUISITINE.

Attendez donc un peu... quelle est cette débâcle
D'hommes et de glaçons qui roulent dans le sang,
Là-bas, d'un incendie éclairés en passant ?

POLYARGUS.

Par ma foi, mes cent yeux ont, je crois, la berlue,
Et de loin sous la neige il échappe à ma vue...
J'aperçois seulement, à l'entour de ces lieux
Vos voisins fondre armés de fourches et d'épieux :
On fusille, on galope, et tout crie, aux alarmes !...
Barricadez-vous bien... aux armes ! vite, aux armes !

INQUISITINE.

Faut-il bénir encor ce fils de Satan-là ?

POLYARGUS.

Parlez-en cette fois tout comme il vous plaira :

Je vous laisse, parbleu! libres de le maudire.
Adieu! courons chercher où diantre est ce beau sire.

LUTESSOTE.

O rentière imbécile et lâche que je suis!
Que va-t-il m'arriver, et qu'est-ce que je puis?
M'irriter, ma stupeur m'en ôte la puissance,
Me plaindre, on se rira de ma folle imprudence,
Me défendre des coups dont on va m'assommer,
Mais je n'ai plus de bras que ma voix puisse armer.
Mon régisseur m'a pris enfants et domestiques.
Que reste-t-il chez moi? des valets faméliques,
Artistes, histrions, chansonniers, baladins,
Voilà dans ce péril mes vaillants paladins.
Soutiens, vieille Phryné! ton noble caractère;
Saute, danse, allons, gai! ne pose plus à terre;
Médis en tes soupés; réjouis tes regards
Au feu de tes lambris qu'enjolivent les arts;
Promène ton orgueil sous les riches arcades
Qui de tes bâtiments décorent les façades:
La musique est ta gloire, et le bal ta splendeur,
As-tu d'assez de frais payé cette grandeur?
De ton opérateur tous ces riens sont l'ouvrage.
Fais-en bien les honneurs aux grands du voisinage,
Tâche de les calmer en leur prostituant
Ta beauté dépouillée et réduite au néant.
Tes vainqueurs, après tout, te donneront des fêtes
Que des rois réunis présideront les têtes:

C'est un pompeux spectacle, et dont le dénouement
Imprime à ton histoire un bel air de roman.
Tes scribes, à l'envi, gazetiers des scandales,
Les mettront en relief dans leurs feuilles morales,
Et par là t'apprendront à bien t'enorgueillir
De tous les mauvais pas où l'on te voit faillir.
Quel doux plaisir pour toi de lire tes sottises,
Et d'en étudier les doctes analyses!
N'es-tu pas philosophe?... Ah! j'enrage pourtant
D'essuyer dans ma gloire un affront si patent,
Et d'avoir, sans nul fruit dissipant mes recettes,
Fait germer tout mon or en plumets, en aigrettes,
Pour un méchant Nemrod qui, s'il rentre en ces lieux,
Mérite que ma main lui crève les deux yeux!
Qui va là?

FUSILLARON.

Moi... je fuis, et reviens en cachette
Dans le lit bassiné de ma chère muette...
A travers les frimas fourré jusques au cou,
La bise m'a chassé.

LUTESSOTE.

D'où viens-tu?

FUSILLARON.

De Moscou.

LUTESSOTE.

Et mes gens?

FUSILLARON.

J'ai perdu piqueurs, bêtes et sommes.

LUTESSOTE.

Que viens-tu donc chercher?

FUSILLARON.

De l'argent et des hommes.

LUTESSOTE.

Comment? répète donc.

FUSILLARON.

Des hommes, de l'argent.

LUTESSOTE.

Où t'en trouver?

FUSILLARON.

Je vais dormir en y songeant :
Sur mon trône demain, quand j'aurai moins l'onglée,
Je regrimpe ; et de là je reprends ma volée.

LUTESSOTE.

Eh bien! je m'attendais à le voir interdit...
Mais point : ô vrai courage ! imperturbable esprit !
A-t-il de mon revers nul souci, nulle honte?
Plus le malheur m'abat, plus sa tête se monte :
Il ferait, sans pâlir, écrouler ma maison.
Sa fermeté me donne une grande leçon !...
De la coignée ici j'allais jeter le manche ;
Aidons-le noblement à prendre sa revanche,
Et pour qu'il continue à nous glorifier,
Oui, saignons-nous, osons lui tout sacrifier...
Que veux-tu, mon sauveur? de l'argent et des hommes :
Pour toi qui m'embellis, pour toi qui me renommes,
Dussé-je me réduire à la mendicité,
Je mettrais tout mon reste au Mont-de-Piété.

Tandis que méchamment le cirque affreux se moque
Du retour imprévu de ce beau soliloque,
Un décor pittoresque offre subitement
Ce sénat manivelle, à double mouvement,
Machine que surmonte un lévier de pécule
Qui fait des lourds fessiers jouer la bassecule.
Fusillaron s'assied d'oripeaux revêtu :
Des derrières levés s'agite la vertu :
Elle épuise, en tenant trois assises pour une,
D'un flux de sang et d'or la colique importune.

De maints édits rendus l'opérateur content
Recompose une meute, aboyante à l'instant :
Des fils des métayers la jeunesse orpheline,
Déjà conscrite en foule, a pris la carabine :
Il repart sans effroi de leur mortalité,
Certain de toujours fuir, en meilleure santé;
Et des grossiers lutins le ris qui recommence
Du conseil mécanique applaudit la séance.

Un comique intermède expose à leur gaîté
Ces longs oiseaux, volant avec célérité,
Dont les cols de héron, les souples envergures,
Transcrivent dans les airs tous les bruits en figures,
Et de chaque nouvelle ailés avant-coureurs,
Dictent à Plumebec ses bulletins menteurs.
La sotte Urbaine veille à leurs faux aruspices
Que de Polyargus ombragent les polices;
Et sur leur vif essor prompt à la décevoir,
Le monstre qui voit tout l'empêche de rien voir.

Cependant, il ne peut de leur bec, de leurs griffes,
Si bien lui dérober le cours d'hiéroglyphes,
Que, de tête ou de queue à toute heure suivis,
Leurs muets mouvements n'expriment quelque avis :
Mille badauds rôdant, ou faisant pied de grues,
Tendant vers ces oiseaux leur nez toujours aux nues,
Surprennent tout-à-coup... ô Dieu! telle autrefois
Qu'une oie auguste à Rome annonça les Gaulois,
Telle de ces courriers l'aile aërographique
Déjà signale aux yeux, quoi?... la fuite héroïque
Du chasseur en vrai loup chassé par ses voisins,
Et qui, battu par eux, rebat les grands chemins.
L'alarme est générale ; et Lutessote blême,
Fermant porte et barrière, et tremblant pour soi-même,
Tambourine le guet, crie à s'égosiller
De dépaver l'enceinte, et d'y bien patrouiller,
De patrouiller de jour, de patrouiller dans l'ombre,
De patrouiller sans cesse, et surtout en grand nombre :
Impudique, elle irait au devant du viol ;
Mais avare, elle a peur du dégât et du vol.

Au milieu des tourments dont elle est assaillie,
En messagère active, accourt Féodalie.

LUTESSOTE ET FÉODALIE.

LUTESSOTE.

Hâtez-vous! que devient mon héros, mon appui?

FÉODALIE.

Pour la troisième fois votre héros a fui.

LUTESSOTE.

Comment? sa majesté...

FÉODALIE.

Ne s'est pas démentie;
Elle s'est esquivée en perdant la partie.

LUTESSOTE.

Et tant de braves gens qu'il avait emmenés?...

FÉODALIE.

Derrière ses talons tous sont exterminés.

LUTESSOTE.

Et tant d'or qu'on m'a pris pour remonter ses gardes?...

FÉODALIE.

Il n'a rien pu sauver, argent, ballots ni hardes.

LUTESSOTE.

Rien!

FÉODALIE.

Rien que sa personne, et que sa gloire.

LUTESSOTE.

Eh bien!
Gageons que ce malheur n'abat pas son maintien.
Mes sœurs, vous, et moi-même, il nous armera toutes:
Sa valeur se battra jusqu'aux dernières gouttes
De notre sang.

FÉODALIE.

Du nôtre; oui, mais du sien! non pas.

LUTESSOTE.

C'est pour me protéger qu'il échappe au trépas.
Du jour que je changeai son bonnet en couronne,
Il se dut conserver en auguste personne:
Homme surnaturel, doit-il s'exténuer

En vulgaire bandit, et se faire tuer?
Non, sa vie est ma gloire.

FÉODALIE.

Il vous la garde belle.

LUTESSOTE.

Bon! vous l'osez railler, commensale infidèle!
Vous, dont son antichambre a reçu les parents
Qui dans sa brave garde ont refusé des rangs,
Vous que dans sa maison, quoique vaine et bégueule,
Son penchant préférait à ma Démagogueule!

FÉODALIE.

Grand merci de l'honneur! Inquisitine et moi,
Nous brigâmes céans un lucratif emploi
Pour exister à l'aise en attendant sa chute;
Car, au bord du fossé, dit-on, la culebute:
L'y voilà: finement nous l'avions auguré:
Nos conseils à sa perte ont bien coopéré.
Sachez, il en est temps, qu'à cette heure on débarque
Notre ancien frère aîné, ce bon Dynastiarque
Qui fit notre bonheur pendant treize cents ans,
Et qu'avaient remplacé vos bourreaux d'intendants.
Un corps de quatre rois marchant pour vous le rendre,
Va, de force ou de gré, vous le faire reprendre.

LUTESSOTE.

Reprendre ce barbon? qui? moi! jamais, vois-tu.
Ton corps de quatre rois quatre ou cinq fois battu,
Devant Fusillaron va faire volte-face:
Je connais son grand cœur; s'il fuit, c'est en Horace.

FÉODALIE.

Hélas! il ne fuit plus, quoique découragé:

Dans son piége il est pris tel qu'un loup enragé.
Ses forcenés piqueurs voulaient risquer leur tête ;
Mais lui, gardant la sienne, et n'étant pas si bête,
Du même air qu'on le vit s'*impérialiser*,
Sachant avec grandeur se *déroyaliser*,
Pour conjurer les coups n'a dit qu'un mot magique...
Ce mot va vous glacer.

LUTESSOTE.

Et quel est-il ?

FÉODALIE.

J'abdique.

Le noble corps de rois l'eut à peine entendu,
Que le traitant d'égal il ne l'a pas pendu.
Sire le charlatan a brisé la baguette
Dont il se fit un sceptre, et s'en va sans trompette.

LUTESSOTE.

Oh ! le lâche qu'il est de délier ma foi !

FÉODALIE.

Mais la lui deviez-vous ? ce fourbe était-il roi ?

LUTESSOTE.

Certe, certe, il l'était, puisque malgré ses crimes
Il fut salué tel par des rois légitimes.
Depuis qu'on lui donna la dernière façon
D'*oint béni du Seigneur*, cet auguste patron
Me frappa de respect, et je le nommai sire.
Nul empereur ne fut moins empereur pour rire.

FÉODALIE.

Aussi d'un plein accord ont-ils à ce Mandrin
Garanti noblement le rang de souverain.

LUTESSOTE.

De quels états?

FÉODALIE.

D'une isle.

LUTESSOTE.

Il vaudra l'Angleterre :
Seul en mer, il mettra tout en feu sur la terre.

FÉODALIE.

Son insulaire empire est presque une prison
Que garde un dogue anglais, cerbère d'un donjon.

LUTESSOTE.

Ce chien, s'il est anglais, a l'oreille coupée
Et n'entendra pas fuir sa grandeur échappée :
J'ai quelque prévoyance, et crois que Londrichard
Dans le bac d'un Blondel glissera mon Richard.
Vois, vois en ses revers combien on le renomme!
Ton corps de quatre rois ne vaut pas mon grand homme.
Les princes tiennent tout de leur premier ayeul,
Ce que les fit leur mère il se l'est fait lui seul :
Sort-il de meilleur bois souche de dynastie?
Va, va, j'ai sur ce point de la philosophie!
Et ton dynastiarque aura beau réclamer,
Il ne vient pas d'Adam, je puis ne pas l'aimer.

FÉODALIE.

La légitimité n'est rien à votre idée?

LUTESSOTE.

Quand mon Fusillaron te retenait bridée,
Toi, ton Inquisitine, avec vos *Te Deum*,
L'eussiez solennisé sans honte, *ad eternum* :
Sa légitimité vous semblait péremptoire....

C'est le roi des héros ! c'est mon Dieu ! c'est ma gloire !

FÉODALIE.

Mais pourtant ses vainqueurs entrent de tous côtés,
Mais par ses ennemis ses héros sont frottés,
Mais ce sauveur, ce Dieu, qu'en sa niche on emporte,
N'empêche pas les gens d'enfoncer votre porte....

LUTESSOTE.

Oui, qu'entends-je?...oh! l'on heurte au seuil de mes foyers...
Où fuirai-je?... O ma gloire ! O mes nombreux lauriers !
O révolution ! ô siècle de lumière !
Allez-vous pour jamais reculer en arrière !

Éperdue, elle entend une foule accourir,
Sa barrière se rompre et ses portes s'ouvrir.
L'enceinte du théâtre aux regards éclaircie
Prépare avec fracas une péripétie.
Les imprécations se mêlant aux vivats,
Les fifres aux mousquets, les seigneurs aux goujeats,
Annoncent à grand bruit la triomphante entrée
Du pesant corps de rois, multiple Briarée,
Dont chaque être dépend ou peut se retrancher
De l'ensemble qu'il forme en une même chair.
Ses huit bras sont armés, et sur ses quatre têtes
Quatre couronnes d'or s'arrondissent en crêtes :
A ce mixte animal Suzérinon plaqué,
Dissimule sa taille et marche un peu masqué ;
Beau-père du vaincu son allure est chagrine.
Les huit bras, les huit piés, et la quadruple mine
De ce monstre royal zébré de vingt couleurs,
Sur le fond de la scène épanchent leurs splendeurs.

A cet étrange aspect Lutessote étonnée
Sent, tout-à-coup, fumer sa tête illuminée,
Et la bouche béante, et l'œil émerveillé,
Revoit Dynastiarque à l'anglaise habillé :
Quels transports! quelle joie! à basson faux grand homme!
Vivat! cent fois vivat, à son vieux économe!

LUTESSOTE, DYNASTIARQUE, FÉODALIE, INQUISITINE.

DYNASTIARQUE.

Enfin, ma bonne Urbaine, après un triste adieu,
Je reviens te régir par la grâce de Dieu!
J'ai préparé de loin un retour si prospère :
Tes fils sont mes enfants, je suis toujours leur père.

LUTESSOTE.

Ah! combien j'ai gémi de vous avoir chassé!
Mes torts...

DYNASTIARQUE.

Je les pardonne : oublions le passé.

LUTESSOTE.

Votre auguste clémence est-elle... sans rancune?

DYNASTIARQUE.

Je ne puis me venger, je n'en conserve aucune.

LUTESSOTE.

O bonté sans exemple! ô vertueux papa!
Sur vos nobles penchants combien on me trompa!
On vous peignait vieilli, chagrin, plein d'amertume.

DYNASTIARQUE.

Non, je suis rajeuni de mœurs et de costume.

Mon gothique manteau n'était pas éternel :
J'ai vêtu cet habit constitutionnel.

LUTESSOTE.

Il m'annonce quel soin tu prendras de ma gloire.

DYNASTIARQUE.

Mais depuis mon départ, si j'ai bonne mémoire,
Tu n'en as guère.

LUTESSOTE.

Eh quoi ?

DYNASTIARQUE.

Tigrispierre d'abord
Te mit sous les guichets à deux doigts de la mort.

LUTESSOTE.

Il est vrai ; mais passons.

DYNASTIARQUE.

Tes quintumvirs ensuite
T'ont couverte d'affronts par leur lâche conduite.

LUTESSOTE.

Passons.

DYNASTIARQUE.

Ton chef de meute, armé de son fusil,
A changé ta demeure en un vaste chenil.

LUTESSOTE.

Ah, n'importe ! ma gloire a vingt-cinq ans de date :
J'y tiens ; sur ce point-là je suis très-délicate.

DYNASTIARQUE.

Que lui dois-tu?

LUTESSOTE.

Mes droits.

DYNASTIARQUE.

On les viola tous.

LUTESSOTE.

Ma chère liberté...

DYNASTIARQUE.

Sous les fers, les verroux.

LUTESSOTE.

La presse sans entrave...

DYNASTIARQUE.

Avec triple censure,
Biffant les vérités, approuvant l'imposture.

LUTESSOTE.

Le pouvoir de tout dire...

DYNASTIARQUE.

A nombre d'écouteurs,
De tous les babillards secrets observateurs.

LUTESSOTE.

Mes coffres pleins...

DYNASTIARQUE.

De vols, source de tes misères.

LUTESSOTE.

Mes beaux palais...

DYNASTIARQUE.

Bâtis au dépens de tes terres.

LUTESSOTE.

Mon domaine agrandi...

DYNASTIARQUE.

Par des aventuriers,
Dans tous les parcs royaux courant en braconniers.

LUTESSOTE.

Ah! je lui dois au moins ma grandeur libérale,
Mes principes...

DYNASTIARQUE.

Tu n'as foi, ni loi, ni morale.

LUTESSOTE.

Ma gloire est d'avoir su vaincre le préjugé
De ta vieille noblesse et de ton vieux clergé.

DYNASTIARQUE.

Mais ton Fusillaron, te rendant l'un et l'autre,
Créa des chevaliers, et fit le bon apôtre.
Ta fierté le souffrit; et je ne sais pourquoi
Ce qui te plut en lui te choque tant en moi.
Ne m'oppose donc plus tes vingt-cinq ans de gloire:
Moi, j'en ai treize cents, quoi qu'en dise l'histoire.
Or çà, dans ta maison qui faut-il supprimer?

LUTESSOTE.

Personne.

DYNASTIARQUE.

N'est-il pas d'emplois à réformer?

LUTESSOTE.

Aucun: le mal est fait; laissons aller les choses.

DYNASTIARQUE.

Mais le mal s'accroîtra si j'en maintiens les causes.

LUTESSOTE.

Non, mon bon curateur: en tes bras paternels
Avec les innocents confonds les criminels;
L'ordre et la paix naîtront de cette équité seule.

LES PRÉCÉDENTS ET DÉMAGOGUEULE.

DYNASTIARQUE.

Quelle grand'dame vois-je ?

LUTESSOTE.

Ah ! c'est Démagogueule,
C'est ma fille accourant se présenter à vous.

DYNASTIARQUE.

Que de flots de rubans, de perles, de bijoux !
Sous ce luxe pompeux je l'aurais méconnue.
Peste ! dans son commerce elle est haut parvenue !
J'eus lieu de la haïr... et je vais commencer
Pour sceller mes pardons par la bien embrasser.

DÉMAGOGUEULE.

Mon Dieu!...c'est trop d'honneur pour votre humble servante...
Votre main à baiser m'eut suffi...

FÉODALIE.

L'intrigante !

DYNASTIARQUE.

Du jour de mon départ vos affaires ici
Ont prospéré très-vite ?

DÉMAGOGUEULE.

Oui, tout m'a réussi.
J'étais femme du peuple et me suis divorcée :
J'ai pris un bon parti qui m'a fort rehaussée :
Du nom de cet époux, et grace à mes écus,
On m'appelle aujourd'hui duchesse de l'Abus.

FÉODALIE.

Madame de l'Abus, duchesse! y pense-telle?

DÉMAGOGUEULE.

Je représente en moi la noblesse nouvelle;
Et vous, l'ancienne : allez! le monde vieillira :
La vôtre a fait son temps, la mienne le fera.

FÉODALIE.

Noblesse et nouveauté sont mots contradictoires.

DÉMAGOGUEULE.

L'Abus se moque bien de vos vieilles histoires!
Tenez, notre papa dans sa barbe en sourit.

DYNASTIARQUE.

Oui, je ris de ces riens qui vous troublent l'esprit.
Paix là, mes belles, paix! je veux par mes largesses
Qu'en bonnes sœurs chez moi vivent mes deux Noblesses.

DÉMAGOGUEULE.

J'ose donc présenter au meilleur des patrons,
Mes frères, mes cousins, comtes, ducs et barons.

DYNASTIARQUE.

Quels étaient ces messieurs?

DÉMAGOGUEULE.

Les piqueurs intrépides
Qui de Fusillaron suivaient les pas rapides.

LUTESSOTE.

Ce sont de braves gens, papa, qui m'ont acquis
Mes vingt-cinq ans de gloire, et qui m'ont tout conquis.

DYNASTIARQUE.

Tout conquis! ô crédule et folle aventurière!
Ils n'ont pu seulement défendre ta barrière :
Leur chasse a rabattu les loups en ton logis...
Mais calmons-nous; je crains quelque chose de pis.
Ces coquins sont nombreux; leur moustache m'effraye.

Messieurs, je vous promets honneurs et haute paye :
Mais faites le serment de ne servir que moi.

TOUS.

Nous en jurons l'honneur.

DYNASTIARQUE.

L'honneur tient-il sa foi ?

Durant cet entretien, remise de son spasme,
Lutessote reprend son vain enthousiasme;
Et sur l'hydre des rois écarquillant ses yeux,
Invite à l'admirer ses enfants curieux.
En essaim de badauds mère des plus fécondes,
Elle danse à l'entour des valses et des rondes,
Et se dit sans rougir de céder son manoir,
Quatre fronts couronnés ! quel beau spectacle à voir !
Nul de ses opéras n'offrit chose si rare.
Sa tristesse jamais ne résiste au fanfare;
Et déjà le signal des augustes banquets
Dissipe sa terreur du fracas des mousquets.
Son esprit fait briller ses lueurs les plus vives
A célébrer les noms et les rangs des convives;
Et de ses troubadours les refrains pleins de sel
Assaisonnent les mets du gala solennel.
L'intermède finit au bruit des sérénades,
Et le grand corps royal s'endort à ces aubades.

La décoration du théâtre infernal
Change, et présente aux yeux un confessional.

Inquisitine en sort toute encapuchonnée ;
Et conduit à la messe, au loin carillonnée,
Le bon Dynastiarque, écoutant en chemin
Tous les dévots conseils de son esprit benin.

DYNASTIARQUE, INQUISITINE.

INQUISITINE.

Enfin de la maison, grace à la Providence,
Vous avez ressaisi la suprême intendance !
Mon frère, ce miracle à ma prière est dû.
Qu'en ses œuvres par vous Satan soit confondu.
Lutessote égarée, hélas ! est philosophe :
Pour sa conversion que votre foi s'échauffe.
Forcez-la d'assister aux vêpres, aux sermons,
Et de restituer, en dépit des démons,
Les vignes du Seigneur, et, s'il se peut, les dîmes.

DYNASTIARQUE.

Ta sœur Féodalie a les mêmes maximes.

INQUISITINE.

Le culte n'est pas fort quand il n'est pas doté :
Et sans religion point de moralité.

DYNASTIARQUE.

Eh, oui ! mais en rentrant, j'ai signé l'assurance
De ne plus m'ingérer des cas de conscience,
Et de ne te céder pour aucune raison
La richesse foncière utile à la maison.

INQUISITINE.

C'est un serment impie, et dont ta repentance
Doit, en le retractant, faire humble pénitence.

Si tu ne me rends pas mes saints émoluments,
Je t'interdis l'office et tous les sacrements.

DYNASTIARQUE.

Mais de Fusillaron la cabale indévote
Dira qu'en ta faveur j'appauvris Lutessote.

INQUISITINE.

Lui-même ramena mon pur dogme banni :
S'il ne m'eût bien rentée, eh! l'aurais-je béni?
Dès qu'il me donna moins j'ouvris son précipice :
Car, ma confession valait bien sa police.

DYNASTIARQUE.

Tais-toi : derrière nous marche Polyargus...
Il nous épie.

POLYARGUS.

Allez chanter vos *oremus*...
Inquisitine, ah! ah! tu brouilles le ménage,
Et prétends avec moi lutter d'espionnage!
Mon oreille a surpris tes secrets entretiens.
Ton saint zèle déjà reconvoite nos biens,
Et croit que notre Urbaine encore embéguinée
Sortira de mes mains qui l'ont si bien menée!
Va, ton Dynastiarque, en prenant tes avis,
Dira bientôt à Dieu son *nunc me dimittis :*
De ses treize cents ans l'enfance routinière
D'Inquisitine encor veut suivre la bannière
Et de Féodalie enfiler le sentier!...
Oh! je vais lui jouer un tour de mon métier.
Lutessote est changeante; il faut, chez cette folle,

Que je me donne aussi l'honneur du premier rôle.
Ami de Tigrispierre, et de Fusillaron,
Comme eux je suis né fourbe, assassin, et larron;
Chef du peuple mouchard, qui sous ma main travaille,
Mes clients sont nombreux; j'ai toute la canaille.
Je compte en mon parti sbires et pousse-cus,
Espions décorés, ambassadeurs vendus,
Force catins surtout, race active et féconde,
C'en est plus qu'il ne faut pour régner sur le monde.
Ces bandes, que je paie et dirige en secret,
Se leveront en masse à mon coup de sifflet.
Ma force est méconnue, et doit être vengée.
Il n'est rien ici bas qui n'ait son apogée...
Dans cette maison même, où je suis dédaigné,
La soutane, la robe, et l'épée ont régné :
Il est temps qu'à son tour, noble dominatrice,
A l'empire suprême arrive la Police;
Et ce brillant succès de ma profession
Immortalisera la révolution!

Il dit; et des lutins l'essaim diabolique
Couvre de longs *bravo!* sa vile politique;
Et rit, en y voyant percer la vanité
Qui fait aux derniers gueux briguer l'autorité.

En aigle d'un rocher, à l'écart de la terre,
Paraît Fusillaron, debout, et solitaire :
Une lunette en main, il vient de la braquer
Sur des trônes qu'il fit, et qu'il entend craquer.

FUSILLARON.

Hai ! hai ! l'on fait tomber les siéges de mes frères !...
Hai ! celui de ma sœur branle et ne tient plus guères !...
Je les avais pourtant construits du meilleur bois
De ceux que j'ai brisés en pourchassant les rois.
De ces dais vermoulus la charpente vieillie,
A neuf mal rajustée, et de chocs assaillie,
Ne pouvait résister aux orages du temps.
Mes chevilles, mes cloux, et tous mes arcs-boutants,
N'ont pas même du mien appuyé la machine...
Les trônes sont pourris et le siècle les mine.
Les sages me l'ont dit, et je n'en croyais rien.
De les rapiéceter s'il n'est aucun moyen,
Au moins pour mon plaisir faisons sauter les autres.
Bientôt, messieurs les rois, danseront tous les vôtres...
Oui, que mon dogue anglais sommeille quelque peu,
Que j'échappe à mon île, et vous verrez beau jeu !
Mais quoi?... quel tourbillon de papier éphémère
Vole et monte en feuillets jusqu'en mon atmosphère?...
De ce brouillard épais un courrier vif et sec
Sort en divin Mercure... ah ! c'est toi, Plumebec !

FUSILLARON ET PLUMEBEC.

PLUMEBEC.

Oui, je me suis sous main échappé de la presse,
A l'heureuse faveur d'une censure expresse
Qui, des opinions gênant le libre essor,
Par tes amis secrets est conservée encor,
Et qui, pour ta défense armant l'imprimerie,

Permet que jusqu'à toi passe ma plaidoirie.
Ce nuage en contient les débats journaliers
Feuille à feuille volant, pleins de traits sottisiers,
De mots vides de sens, de fables, de mensonges,
De riens, jouets de l'air, plus légers que les songes;
Mais dont l'illusion forme l'*esprit public*,
Qui tourne au gré de l'art dont je fais le trafic.
Ces vapeurs, qu'en passant hument les gobe-mouches,
Sont l'amas des propos sortis de mille bouches.
Recueille-les.

FUSILLARON.

J'y vois quelle noble chaleur
Reproche à qui me nuit d'*insulter au malheur*.
J'y vois qu'à la justice exacte et rigoureuse
On prescrit envers moi la bonté généreuse.
J'y vois Dynastiarque, en tous sens travesti,
Chargé de tout le mal qu'a fait mon seul parti :
J'y vois que tous mes chiens, aboyant à ses cloches,
De son Inquisitine écartent les approches;
Et qu'à Féodalie ils montrent tous les dents.
J'y vois que mes piqueurs ne sont pas moins grondants.
Mais de prose et de vers quel torrent je remarque!...
Quoi? tous ces flots d'encens vont à Dynastiarque!
Ainsi donc Plumebec m'abandonna pour lui,
Et vantant l'un hier, vante l'autre aujourd'hui.

PLUMEBEC.

Êtes-vous étonné que des feuilles légères
Suivent l'impulsion de tous les vents contraires?
Écrire est mon talent; et le contre et le pour
Est un fonds que ma verve exploite tour à tour.

FUSILLARON.

La vérité n'est qu'une.

PLUMEBEC.

Oui, mais elle a cent faces,
Belles pour les succès, laides pour les disgraces;
Et je les dois tourner, par un soin diligent,
Vers la prospérité libérale en argent.
Dynastiarque règne, et c'est lui que je loue :
Renversez-le demain, et je me désavoue.

FUSILLARON.

Au littéraire esprit cet art-là fait honneur,
Plumebec; recommence à chanter mon bonheur :
Polyargus m'appelle.... il sait quelle pâtée
A mon cerbère anglais j'ai moi-même apprêtée...
Le dogue, bien repu, dort au pié du donjon...
Je rentre en ma galère et je fuis ma prison.

Le hardi braconnier s'élance en une barque,
Et vogue droit aux lieux où de Dynastiarque
Radote la vieillesse, assise entre ses sœurs.

DYNASTIARQUE, FÉODALIE, INQUISITINE.

DYNASTIARQUE.

Sommes-nous préférés aux autres régisseurs?

FÉODALIE.

Les gens qui pensent bien aiment votre régime :
Notre Urbaine, d'ailleurs, sait qu'il est légitime :

Ce mot sur ses valets est comme un talisman :
Nous le lui répétons chacune, à tout moment.

DYNASTIARQUE.

C'est l'en faire douter que tant le lui redire :
Elle en pourrait sonder l'origine, et s'en rire.

INQUISITINE.

Mon zèle, en la prêchant, enfin la guérira
Du mal analytique, et l'on nous en croira.
C'est son impiété qui la rend immorale :
Elle ne croit qu'en Dieu, point en moi : quel scandale!

FÉODALIE.

Pour établir, ma sœur, la réforme en tous points,
La machine à décrets ne nous gêne pas moins.
Il faudrait la casser.

DYNASTIARQUE.

Doucement! prenons garde :
C'est le bijou chéri; gare qu'on s'y hasarde!
De cet instrument-là le siècle est l'ouvrier :
Lutessote y tient fort; nous la ferions crier :
Elle m'accuserait de malignité noire,
Et d'attaquer encor ses vingt-cinq ans de gloire.

FÉODALIE.

C'est en condescendant à toutes ses erreurs,
Que vous m'appauvrissez pour solder ses piqueurs.
Vous nous aviez d'abord promis de plus gros gages...

DYNASTIARQUE.

Puis-je de ces gens-là rayer les arrérages?
Ils sont assermentés; je veux qu'ils soient contents.

INQUISITINE.

Déjà tout vous bénit, fermiers, valets, enfants :

Fusillaron jamais n'eut votre bonhomie.
Ses chasses ont détruit l'ordre et l'économie.

FÉODALIE.

S'il échappait d'exil pour souffler les discords,
Nous vous ferions chacune un rempart de nos corps.

INQUISITINE.

Je me ferai plutôt mettre en croix à la porte
Que de souffrir sur vous qu'un tel brigand l'emporte.

FÉODALIE.

Et moi, flamberge en main, ralliant vos piqueurs....

Elle allait achever, quand, parmi les clameurs,
S'entend au loin, *tayau! tayau! tayau!*... le trouble
Saisit les trois acteurs, et le fracas redouble.

LES PRÉCÉDENTS ET LUTESSOTE.

LUTESSOTE.

Tremblez!... Fusillaron par le dogue est lâché.
Le corps de ses piqueurs à lui s'est rattaché,
Et ses chiens ameutés, flairant de loin leur maître,
Hurlent tous du plaisir de le voir reparaître.

DYNASTIARQUE.

Quoi? ces damnés piqueurs manquent à leur serment!..
Quoi? ces chiens, que j'avais nourris si grassement,
Japperaient contre moi dans leur aveugle rage!...

FÉODALIE.

Où fuir?

INQUISITINE.

Où nous cacher?

DYNASTIARQUE.

Perdez-vous le courage?

FÉODALIE.

Non, fuyez le premier ; nous mourrons sur vos pas.

Tout part ; et les démons de rire aux grands éclats.

LA PANHYPOCRISIADE,

CHANT VINGTIÈME.

SOMMAIRE DU VINGTIÈME CHANT.

Retour de *Fusillaron-le-Grand* chez *Lutessote* effrayée : sa noble harangue à ses piqueurs. Projet mutuellement conçu par *Fusillaron, Démagogueule* et *Polyargus,* de se servir les uns des autres pendant le péril commun, et de se renverser après pour s'emparer de la maison sans partage. Nouveau jeu de *la machine décrétante.* Réapparition de *Jurispeur,* chancelier de *Tigrispierre.* Adieux de *Fusillaron* à l'ordonnateur des arts et des monuments, qu'il veut remplacer par des bastions et des palissades. Plaintes d'*Architecnis* : désolation de *Lutessote* au sujet de l'inutilité de tous les sacrifices qu'elle a faits à sa fausse gloire. Intermède. Revers subit de *Fusillaron,* qui se sauve en son logis et déclare sa dernière défaite, occasionée par la rencontre de la *Chimère-l'Alliance,* fille de la marchande *Londrine* et du grand hydre des rois. *Polyargus* lui ôte la tutelle, qu'il prend pour lui-même, et *Fusillaron* s'esquive en abdiquant l'intendance pour la seconde fois. Bouleversement des tréteaux. Apparition de *l'Alliance* victorieuse rapportant en croupe *Dynastiarque* et ses acolytes. Portrait du monstre femelle : confiance de *Lutessote* en cette syrène, qui la séduit à ses paroles de paix et de munificence, mais qui la pille bassement, qui dévore ce qui lui reste et tend à consommer sa ruine entière. Les excès de cette bête rapace et britannique dégoûtent même de sa vue les spectateurs infernaux, qui sifflent *la Chimère,* et font tomber la pièce dont ils renoncent à connaître le dénouement.

LA PANHYPOCRISIADE.

CHANT VINGTIÈME.

> Le voleur basiléonique
> Ne dément pas son règne inique :
> On lui fait lâcher de la main
> Ce qu'il prit sur le grand chemin ;
> Sa majesté vous dit : j'abdique,
> Et vient trôner le lendemain.
>
> Sur lui les royautés blessées
> Relancent leurs maréchaussées
> Par édit d'un congrès benin...
> Ah ! qu'au serpent tyrannie est pareille !
> D'abord rampante et se dressant enfin ;
> Front dur, œil creux, langue à triple venin,
> Croupe à longs plis et d'or toute vermeille
> Qu'on ose aigrir le noir fiel du dragon,
> Son col se gonfle et d'ire et de poison.
> En vain sa tête est d'un choc étourdie,
> Son mouvant corps, meurtri de cent façons,
> Ne sera lent à renouer sa vie...
> Tuez la bête en ses derniers tronçons.

Sire l'opérateur rentre chez Lutessote
Plus que jamais transie, et plus que jamais sotte ;
En proie aux scélérats qui disputent son bien,
Elle aperçoit qu'entre eux ses droits ne sont plus rien.
Aux abois des limiers, à leurs grands coups de gueule,
Polyargus s'avance avec Démagogueule :
Le veneur couronné suit leur trace avec soin,
Et de son bonnet rouge il montre un petit coin.

Son œil qu'égare un feu montant à sa cervelle
Plonge sous ses sourcils son absente prunelle :
Tel un marbre sculpté, dont le ciseau de l'art
Sans nul point visuel absorbe le regard ;
Tel, sans vue, au milieu de sa troupe enfumée
Qui se grossit des flots de la canaille armée,
Tout prêt à remuer les plus impurs limons,
Il va comme Satan haranguer ses démons.

FUSILLARON.

Les revers m'ont grandi : ma tête est plus sensée :
Je reviens accomplir une vaste pensée.
Dynastiarque ici, vous accablant d'ennuis,
S'est dit chef légitime et c'est moi qui le suis.
Il ne fut régisseur que par l'erreur des âges ;
Et moi pour m'installer je forçai vos suffrages.
Envieux d'obscurcir l'éclat des éperviers,
Et l'honneur des beaux faits de tous nos braconniers,
Il n'est bon qu'à nourrir de lugubres manies,
Et qu'à psalmodier de tristes litanies :
Et moi, rouvrant ma chasse, et reprenant l'essor,
Je relance les rois au son joyeux du cor.

Tout répond à ces mots pleins de noble énergie,
Vive Fusillaron ! et vive sa régie !

FUSILLARON, POLYARGUS, DÉMAGOGUEULE.

DÉMAGOGUEULE.

Entends-tu leurs transports?... je veux, Polyargus,

Demeurer à tout prix duchesse de l'Abus.
Fusillaron me sert à défendre mes titres :
Mais sa fougueuse humeur aime à casser les vitres,
Et s'il croit aujourd'hui tout briser sous sa main,
Je le garotterai moi-même, dès demain.

FUSILLARON.

Polyargus, écoute : avant d'être duchesse
Cette Démagogueule était une diablesse :
Contre mes ennemis qu'elle crie à son gré ;
Mais, une fois vainqueur, je la muselerai.

POLYARGUS.

A l'insu l'un de l'autre ainsi leur imprudence
Me fait de leur espoir la double confidence !
L'un et l'autre à-la-fois croyant se dominer,
D'un mutuel effort tendent à s'enchaîner;
Et moi seul, maîtrisant leur force par la nôtre,
Je garotterai l'un, et muselerai l'autre.

Ainsi joûte l'orgueil de leur conseil trompeur.
En robe magistrale arrive Jurispeur,
Jurispeur, chancelier de la jurisprudence,
Et qui sous Tigrispierre avait pris la naissance.
Il vient en grave pompe, aux pieds d'un dais royal
Qu'entourent les bureaux de son noir tribunal,
Rendre à Fusillaron et les sceaux et la marque
Et le propre manteau du vieux Dynastiarque ;
Et l'ayant revêtu des attributs d'autrui,
Proclame, au nom des lois, qu'ils sont vraiment à lui.

Du trésor à sa voix les recettes grossies
En confiscations, séquestres et saisies,
Signalent, coup sur coup, que sa main a lâché
Des fessiers décrétants le grand ressort caché ;
Et de la scandaleuse et basse manivelle
Sort de piqueurs armés une longue sequelle.
L'opérateur, voyant tous ses apprêts finis,
Au son du cor-de-chasse appelle Architecnis.

LES PRÉCÉDENTS ET ARCHITECNIS.

ARCHITECNIS.

Sire, de vos beaux arts l'ordonnateur docile
A votre majesté trop heureux d'être utile
Accourt au premier bruit de vos commandements.
Voudrait-elle fonder de nouveaux monuments?

FUSILLARON.

Non, jusqu'en cette enceinte on revient me combattre :
Loin d'en édifier, je ne veux qu'en abattre,
Et des gravas poudreux des démolitions,
Construire des remparts, des forts, des bastions.
Creuse-moi des fossés où sont tes colonnades ;
Mine mes bâtiments et mure leurs arcades ;
Hérisse-les de pieux, où je puisse traquer
Les nombreux animaux accourant m'attaquer.
Adieu ! tu n'as besoin de compas ni d'équerre :
Prends le marteau, la pioche, et jette tout par terre.

ARCHITECNIS.

Il part ; et l'insensé renverse mes travaux.
O mes grands monuments ! ô mes arcs triomphaux !

O palais dont mes soins ont orné la structure !
O noble architecture ! ô peinture ! ô sculpture !
Tomberez vous en poudre ? ô désastre ! ô regrets !...
En embellissements à quoi bon tant de frais,
Pour qu'un maudit chasseur, en faisant ses battues,
Expose à la mitraille et tableaux et statues ?

POLYARGUS.

Abbats, rase ; à tout prix nous devons soutenir
Nos vingt-cinq ans de gloire, et ne pas les ternir.

LUTESSOTE.

Eh ! que me reviendra de tous mes sacrifices
Si l'on change en rempart mes plus beaux édifices,
Si le pié des chevaux subvertit mes jardins,
Si de tout mon domaine on coupe les chemins,
Et si, par vos exploits mise enfin sur la paille,
De ma bourse vidée à peine ai-je une maille ?

POLYARGUS.

Pauvre, on ne pourra plus tendre à te dépouiller.
On t'attaquera moins ayant moins à piller :
Car, la guerre, entre nous, n'est qu'un vrai brigandage.
Ainsi ton dénuement bornera le ravage.

LUTESSOTE.

C'est donc là l'heureux terme où ma gloire aboutit !
Fallait-il que d'enfer ton Belzébut sortît
Pour dissiper l'erreur dont je m'étais éprise,
Et m'accabler du poids de ma lourde bêtise ?

POLYARGUS.

Il fallait qu'il revînt punir de leurs noirceurs
Ton doyen hypocrite et ses malignes sœurs.

LUTESSOTE.

Ta voix les calomnie... Hélas! ne t'en déplaise,
Mon doyen nous rendait l'espoir, la paix et l'aise.
L'inimitié sur moi lâchant Fusillaron
M'a d'un feu dévorant rejeté le brandon.
De cet infâme trait je soupçonne Londrine...
Oui, c'est cette implacable et jalouse voisine
Qui, ne le déchaînant que pour s'en ressaisir,
De ma ruine entière a voulu s'enrichir.

POLYARGUS.

Sa haine en est capable.

LUTESSOTE.

Et toi, fin politique,
Toi-même en fus la dupe et l'instrument inique...
Ciel! déjà près de nous... Ah! quel nouveau sabbat!...
On a forcé ma grille... en ma cour on se bat....
Fusillaron-le-grand, voilà de tes prouesses!
Pour la seconde fois mes portes sont en pièces...

POLYARGUS.

Paix! ton César revient, et je suis convaincu...

LUTESSOTE.

Eh bien?....

FUSILLARON.

Je suis venu, j'ai vu, je suis vaincu.

A cet effet brusqué, vrai coup de mélodrame,
Contre l'invraisemblance un des lutins réclame :
Sa critique avertit que du César poltron

L'absence fut trop courte et le retour trop prompt.
Mais du parquet malin la gaîté se récrie,
Licence théâtrale, et vive allégorie
Du plus subit échec, dont la réalité
Stupéfia l'esprit par sa rapidité.

LUTESSOTE.

Quoi? sans piqueurs, sans chiens, tu regagnes mes portes!

FUSILLARON.

Mes hommes sont tués, et mes bêtes sont mortes.
Apprends à quel péril j'échappe cette fois.
Londrine, mariée au grand hydre des rois,
Est accouchée au loin d'une chimère immense,
Fille de leur hymen, qu'on nomme l'Alliance.
Sa monstrueuse forme, en marchant vers ces lieux,
A fait hurler d'horreur nos limiers furieux :
Tous se sont excités à lui donner la chasse ;
Mais et piqueurs et meute ont payé leur audace ;
Et j'ai savamment fui pour te redemander
Le reste de tes gens que je vais commander.

POLYARGUS.

Alte là ! c'est assez jouer de nos ressources :
C'est épuiser par trop notre sang et nos bourses.
Lutessote en mes mains remet son droit légal.
Sa maison démeublée a l'air d'un hôpital....
Va-t-en, je l'affranchis du joug d'un frénétique.

FUSILLARON.

Ingrats ! tirez-vous-en ; car de nouveau j'abdique.
Au revoir !

LUTESSOTE.

Où va-t-il?

POLYARGUS.

Sur quelque bac anglais.

LUTESSOTE.

Cet homme fuit si bien qu'il ne mourra jamais.

POLYARGUS.

Ce conseil du génie est le seul qu'il doit suivre :
Voulant être immortel il ne songe qu'à vivre.

Des tréteaux ébranlés le soudain craquement
Annonce que le drame arrive au dénouement.
La maison qui s'entrouvre en tous sens pétardée,
Recoit (d'un tel objet comment tracer l'idée?)
CHIMÈRE L'ALLIANCE, aux quatre fronts hautains,
Griffes à ses huit piés, griffes à ses huit mains,
Une tête de loup, teinte du bleu prussique,
Une de léopard, une d'ourse taurique,
Une d'autruche avide ; et cela sur un corps
Tout ordure au-dedans et splendeur au-dehors,
Corps dont la longue queue, infecte, incendiaire,
Balaye en circulant le château, la chaumière,
Moulins, bois, et guérêts, et bercail, et pasteurs,
Souillant tout, brisant tout de ses coups destructeurs.
Chimère l'Alliance amène sur sa croupe
Le bon Dynastiarque, et ses sœurs, et leur troupe :
On lit sur tous ses fronts, *paix, magnanimité,*
Désintéressement, et *générosité.*

L'Urbaine, sur la foi de paroles si belles,
Sentant calmer l'horreur de ses transes mortelles,
Jette sur la chimère un œil affectueux,
Admire de son corps l'ensemble monstrueux,
Et s'écrie, exaltant sa nouvelle espérance,
« Vive Dynastiarque! et vive l'Alliance!

DYNASTIARQUE, L'ALLIANCE, FEODALIE, INQUISITINE, ET LUTESSOTE.

DYNASTIARQUE.

Me voici de retour, Lutessote ; tu vois
La fille de Londrine et du grand corps des rois.
D'où vient qu'à son abord ta faiblesse frissonne?
Elle arrrive en amie; elle est accorte et bonne :
Elle nous a vengés de ton Fusillaron :
Fais-lui donc les honneurs de toute la maison.

L'ALLIANCE

De ton bonheur prochain bénis l'heureuse marque :
Mon secours en tes bras remet Dynastiarque.
Il faut de ma fatigue un peu me soulager :
Dresse-nous une table, et nous donne à manger.

LUTESSOTE.

Regarde en quel état mes piqueurs m'ont réduite ;
Je ne saurais nourrir ta grandeur ni ta suite.
A peine à mes besoins ai-je de quoi fournir.
Mon logis trop étroit ne peut te contenir :
Tu n'as pu seulement y faire entrer ta queue
Dont les replis là bas roulent de lieue en lieue.

L'ALLIANCE.

Mets la nappe, et sers-moi vin, et chair, et poisson.
Mes têtes, vois-tu bien, n'entendent pas raison :
Trois ont de fortes dents, et l'autre un bec vorace.
J'ai des griffes de fer.... Allons! point de grimace.
Libre de ton brigand que j'ai congédié,
N'épargne pas les frais envers mon amitié.
C'est pour toi, pour ton bien, que j'ai franchi ta terre :
Ne me traite donc pas en personne étrangère.

LUTESSOTE.

Madame l'Alliance, oh! je sais vos bontés :
Mais si les aliments à ma famille ôtés....

L'ALLIANCE.

Je ne me repais point de tes phrases ingrates.
Sens, un peu, l'ongle aigu de l'une de mes pattes....

LUTESSOTE.

Quelle vilaine bête!... endurez-vous qu'ainsi
Cette brute m'écorche? et suis-je à sa merci?

DYNASTIARQUE.

Là! là! modérez-vous, mon auguste alliée!
Me sied-il de la voir battue, humiliée?
Aye! oh, traîtresse!

FÉODALIE.

Eh quoi? mon frère, elle vous mord!

DYNASTIARQUE.

Chut! passons-lui cela pour maintenir l'accord :
Ne fais semblant de rien; souffrons tout, sans mot dire,
De peur qu'en sa colère elle ne nous déchire.
Vous l'avez appellée, ainsi, mes sœurs, la paix!

INQUISITINE.

Ne la voyez-vous pas qui force les buffets,
Qui ronge et gruge tout de ses gueules gloutonnes,
Qui de ses piés fourchus nous défonce nos tonnes?

LUTESSOTE.

Elle va dévorer le pain de mes enfants;
Ma chair, mes propres os, passeront par ses dents...
Sa queue immonde au loin abat cellier et grange.

L'ALLIANCE.

Je suis venue ici pour manger, et je mange.
Tu me paieras un gîte au sortir du repas.

LUTESSOTE.

Emporte ma vaisselle, et mon lit et mes draps;
Car je n'ai plus le sou, grâce à mes économes.

DYNASTIARQUE.

Dans ta cassette encor n'est-il pas quelques sommes?
Paie amicalement, sans te faire fouiller.
Avec elle pour rien il ne faut me brouiller :
Meubles, tableaux, bijoux, ne valent pas, ma chère,
L'aide de l'Alliance.

LUTESSOTE.

Au diantre la Chimère!

L'ALLIANCE.

La paix! buvons ton vin, et trinque à la santé
De ton vieux intendant; c'est le patron fêté.

LUTESSOTE.

Trêve au dépit : courage! et bonne contenance :
Vive Dynastiarque! et vive l'Alliance!

L'ALLIANCE.

Ce soir, bal, feux de joie, illuminations!

Frappe en mon nom tes fils de réquisitions :
Nous compterons demain. Il faut que tu me donnes
De quoi raviver l'or de mes quatre couronnes.

LUTESSOTE.

Que veut ta tête d'ourse?

L'ALLIANCE.

Ah! ton climat serein.

LUTESSOTE.

Celle d'autruche?

L'ALLIANCE.

Moi, ton métal et ton grain.

LUTESSOTE.

Celle de léopard?

L'ALLIANCE.

Tous tes fruits d'industrie.

LUTESSOTE.

Et la tête de loup?

L'ALLIANCE.

Toute ta bergerie.

LUTESSOTE.

Que me restera-t-il?

L'ALLIANCE.

Le manoir que voici :
Mais ton Fusillaron, que j'ai fait fuir d'ici,
Pourrait encor de loin y souffler le tumulte ;
Ma garde sur ton seuil en préviendra l'insulte :
Tes portes et tes clés doivent m'appartenir,
Pour ton repos futur que je veux maintenir.

LUTESSOTE.

La perfide! à quel prix elle me vend son aide!

Tout pacifiquement elle me dépossède.
L'Alliance maudite, en m'ôtant tout mon bien,
Me rend un régisseur qui ne régira rien.
Une pareille amie, en ma maison logée,
Est pire que la guerre... Oh ! la bête enragée !

L'ALLIANCE.

Coquine ! je t'entends murmurer en secret...
Pourquoi vins-je chez toi ? pour ton seul intérêt.

LUTESSOTE.

Oses-tu bien, gorgone, hydre des plus infâmes !
Me vanter ton secours alors que tu m'affames,
Que ta croupe et ta queue écrasent mes fermiers,
Que de Fusillaron et de tous ses limiers
Par ton avidité tu surpasses la rage !
Si la tienne ressent même ardeur du carnage,
Au lieu de l'assouvir sur nous en arrivant,
Que ne l'avalais-tu lui-même tout vivant?

L'ALLIANCE.

Je n'épargnai ce monstre, auteur de ta misère,
Que par obéissance à Londrine, ma mère :
C'est un épouvantail que réserve son soin
Pour te morigéner, s'il en était besoin.
Sa barque en pleine mer le montre en perspective
Pour que ma troupe ici reste sur le *qui vive !*
As-tu droit de t'en plaindre? et n'avons-nous pas bien
Celui de te punir des méfaits d'un vaurien ?
N'a-t-il pas pour ta gloire en tout le voisinage
Exercé dans nos parcs un plus long brigandage,
Jusque dans nos hameaux lancé ses chiens maudits,
Fait halte en nos palais devenus des taudis,

Fêté pour son plaisir le dégât des provinces,
Pris notre or, bu nos vins, et bâtonné nos princes?

LUTESSOTE.

Fourbe! ainsi son exemple est ton code brutal,
Et ta lâche équité rend le mal pour le mal!
Que ne l'annonçais-tu? Je t'aurais assommée
Si ton doux chant de paix ne m'avait désarmée.
Souple et vile syrène, aux dehors embellis,
Et qui caches la mort en tes hideux replis!
D'un monstre imitatrice, on te dit l'alliance!
Va, nomme-toi la rage et la basse vengeance,
Qui, fondant en harpie, et salissant les mets,
Laissera nos foyers infectés à jamais.
Qu'il me naisse un vengeur!... que ta leçon féroce
L'arme à son tour chez toi de ta justice atroce,
Et de feux éternels secouant les tisons,
La Haine embrasera les dernières maisons.
« La guerre, que du moins peut repousser la guerre,
« Prête à l'ambition un noble caractère;
« Mais, d'une main trompeuse offrir des oliviers
« Plus hostiles encor que ses sanglants lauriers;
« Mais d'une nation désarmer la défense
« En proclamant la foi d'une auguste alliance;
« Mais en ami des rois, jusque dans leurs palais
« Porter l'invasion sous le front de la paix,
« Triompher à l'appui d'une sainte imposture,
« C'est aux pactes humains faire une atroce injure,
« C'est d'un vil Gérion, d'un serpent tortueux,
« Le replis le plus bas et le plus monstrueux [1].

[1] Ces douze vers ont été imprimés dans ma tragédie de *Clovis*, en 1820.

Elle allait dire plus ; mais la Chimère indigne,
Sur elle s'élançant, la pince et l'égratigne.
Dynastiarque ému s'efforce à l'arracher
De ses ongles aigus tout prêts à l'écorcher.
La bête se divise ; et ses têtes cruelles,
Pour s'entre-mordiller grincent les dents entre elles :
Sa queue, en se tordant, jette flammes et feux.
Mais à tant de conflits moins risibles qu'affreux,
Cette farce confuse, et l'horreur qu'elle étale,
N'offrant plus aux démons qu'un chaos de scandale,
La scène les révolte ; et leur long sifflement
En repousse loin d'eux tout l'obscur dénouement.

NOTE.

Les personnes qui attaqueraient mes intentions et les vues de ce poëme seront de mauvaise foi, si elles ne prennent le soin de citer textuellement la note suivante. Je prie les rédacteurs bienveillants des journaux dont l'impartialité voudrait me défendre de la publier aussi en développant leurs réflexions.

Le lecteur remarquera que cette seconde partie d'un ouvrage dont la première concerne la critique des grandes impostures politiques et religieuses du 16e siècle, où l'esprit humain entreprit son émancipation, n'est pas le fruit d'un travail de circonstances, inspiré au jour le jour par les événements; mais le résumé précis des résultats d'un long espace de temps parcouru.

Je ne satirise pas la révolution de 1789 : elle fut l'accomplissement des vœux exprimés par les plus éminents philosophes qui versèrent les clartés de leur intelligence et de leur raison durant tout le 17e et le 18e siècles, et qui créèrent l'ASSEMBLÉE CONSTITUANTE, réunion d'hommes élus dans toutes les classes, et peut-être la plus docte, la plus éloquente et la plus spirituelle dont l'univers ait admiré l'éclat et béni les lumières. La révolution de 89 posa les principes des institutions démocratiques : les gouvernements qui la suivirent conjurèrent tous à les déverser et à dénaturer ou éluder leurs conséquences ; d'abord par les fureurs de la démagogie ; plus tard par l'oppression militaire. Ce sont ces fatals désordres auxquels j'applique le blâme et la raillerie méritée.

Je ne satirise point LE PEUPLE qui, toujours abusé, trahi par les factieux et par leur ambitieuse clientelle, devint tantôt victime de *la terreur* judiciairement organisée, tantôt de *la force du sabre,* et qui n'accepta souvent ses constitutions contradictoires que par résignation et, pour ainsi dire, le couteau sur la gorge.

Je ne satirise pas nos valeureuses armées républicaines qui terrassèrent trois coalitions redoutables, et dans le sein desquelles se réfugiaient sur nos frontières vierges encore l'honneur, la vertu, le désintéressement, tandis qu'à l'intérieur de la France régnaient d'ignobles bourreaux et le pillage légalisé généralement par les confiscations.

Je ne satirise pas le zèle des illustres généraux, des invincibles soldats qui soutinrent avec tant de gloire nos armes dans tous les continents de la terre : mais je poursuis le système de l'empire qui, par ses retours aux choses surannées, par ses éblouissantes extravagances, ruina l'immense illustration que ces mêmes armées nous avaient acquise, et qui voulut n'approprier qu'au seul génie d'un homme le génie et l'héroïsme de tant de braves dont il a prodigué le sang, si précieux à la patrie.

Je satirise les odieuses menées du CLERGÉ, dont la longanimité conspiratrice s'enlace dans tous les partis, afin de se les soumettre ou de les perdre tous les uns par les autres.

Je satirise surtout la prétendue SAINTE-ALLIANCE, monstruosité de notre dix-neuvième siècle, despotique ligue formée contre la liberté des peuples, au profit des tyrannies héréditaires.

Enfin, mon ouvrage entier est une protestation contre toutes les sujétions imposées et consacrées par le mensonge.

www.ingramcontent.com/pod-product-compliance
Lightning Source LLC
LaVergne TN
LVHW012013220826
846092LV00001B/333

* 9 7 8 2 3 2 9 7 7 0 0 5 5 *